Helmut Isaak

GLAUBET IHR, SO BLEIBET IHR

Die Lebensgeschichte von Jakob und Elisabeth Isaak -
nacherzählt von ihren Kindern und Großkindern
Glaubet ihr nicht, so bleibet ihr nicht

Herausgeber:
Verein für Geschichte und Kultur der Mennoniten in Paraguay

Loma Plata - 2013

© Verein für Geschichte und Kultur der Mennoniten in Paraguay

Umschlaggestaltung: Caitlin Voth

Titelbild: Jacob und Elisabeth Isaak vor der Kirche der Mennonitengemeinde.
Satz & Layout: NP / Uwe Friesen
Korrektur: Michael Rudolph

Herausgeber: Verlagsagentur Justbestebooks Rudolf Dück Sawatzky

25451 Quickborn, Deutschland

Herstellung und Verlag:
BoD – Books on Demand, Norderstedt, ISBN 9783735763099

Jakob Isaak   Elisabeth Isaak

Die Lebensgeschichte von Jakob und Elisabeth Isaak - nacherzählt von ihren Kindern und Großkindern

Glaubet ihr nicht, so bleibet ihr nicht.
Jesaja 7:9

INHALTSVERZEICHNIS

VORWORT 6

EINLEITUNG 7

I. GLAUBET IHR, SO BLEIBET IHR 9

II. DAS LEBEN IN FAMILIE UND
    GEMEINSCHAFT NIMMT GESTALT AN 39

III. DER LASTESEL DES HERRN AUF
     DEM WEGE ZUR GELASSENHEIT 69

IV. KORNELIUS 107

V. VATERS THEOLOGIE 119

VI. KORRESPONDENZ UND SCHULE 125

VII. DIE LETZTE REISE FÜR VATER UND MUTTER 131

VORWORT

Die Geschichte von Jakob und Elisabeth Isaak beginnt in Russland.

Die Kindheit, das Zarenreich, dann der Kommunismus, die Gewalt-herrschaft, Unterdrückung und Verfolgung, die ständige Angst, irgend-wann dem *Roten Ungeheuer* zum Opfer zu fallen. So entschließen sie, alles was sie besitzen stehen und liegen zu lassen, um nach Moskau zu ziehen. Dort bitten sie mit vielen Tausenden anderen Leuten um die Ausreiseerlaubnis, und kommen somit nach Paraguay.

Im Chaco wurde ein neues Heim aufgebaut, verbunden mit unzähli-gen Herausforderungen, Prüfungen und aber auch Segnungen.

Diese Geschichte hat der Sohn Helmut Isaak in Zusammenarbeit mit Geschwistern aufgeschrieben. Sie beschreibt das Leben von zwei Menschen, die einen harten Lebenskampf gekämpft haben, die oftmals an ihre Grenzen gestoßen sind, die sich aber vor nichts beugten, außer vor Gott: Jakob und Elisabeth (geb. Hildebrandt) Isaak.

Während Elisabeth das Heim, und oft auch die Wirtschaft in Zu-sammenarbeit mit ihren elf Kindern führte, stellte Jakob sich voll in den Dienst für die Gesellschaft, für die Gemeinde, für Gott. So sind sie für viele Menschen, die eine Strecke ihres Lebensweges geteilt haben, zu einer Bereicherung und zum großen Segen geworden.

Für Jakob und Elisabeth Isaak war der Aufbruch nach Moskau, die Ausreise nach Deutschland und dann nach Paraguay, sowie das Leben und der Dienst an den Mitmenschen im Chaco vor all dem anderen eine Frage des Glaubens und des Gehorsams.

Diese Lebensgeschichte, eingebettet in große historische Ereignis-se des XX. Jahrhunderts, wird von Helmut Isaak in lebensnaher, packen-der und sprachlich leicht verständlicher Weise dargestellt.

Das Leben zweier Menschen, die sich nicht vom Schicksal, sondern von Gott tragen, lenken, leiten ließen. Für sie galt: Glaubet ihr, so bleibet ihr.

Uwe Friesen
Vorsitzender des
Verein für Geschichte und Kultur der Mennoniten in Paraguay

EINLEITUNG

Das Material für die Geschichte unserer Eltern, Jakob und Elisabeth Isaak, wurde im Laufe von Jahren zusammengetragen. Einschlägige Literatur aus Russland und aus Paraguay wurde zu Rate gezogen. Viele persönlichen Interviews mit Zeitgenossen unserer Eltern wurden ausgeführt. Kinder und Großkinder wurden ausgefragt. Sie alle haben zum Inhalt dieses Buches beigetragen. Nur einen Namen muss ich hier anführen, und das ist Hans Boschmann, der mir seine Sammlung über Vaters Geschichte großzügig zur Verfügung stellte.

Hauptquelle für Vaters theologische Gedankenwelt aber waren seine uns erhalten gebliebenen Predigten und Vorträge, die er entweder voll ausschrieb, oder in Stichworten auf winzigen Blättern festhielt.

Dieses Buch ist und will auch keine wissenschaftliche Biographie sein. Dafür müsste man die gesamten Protokolle von den Gemeindeberatungen, KfK- und Missionskommitee-Sitzungen durcharbeiten, die sich in den verschiedenen Archiven in Filadelfia befinden. Für seinen ausführlichen Briefwechsel mit dem MCC und Vertretern der Allgemeinen Konferenz müsste man nach Winnipeg, Akron, Goschen und Newton gehen, um nur einige Archive zu nennen.

Diese Geschichte unserer Eltern ist aus dem Leben heraus und für das Leben geschrieben. Sie will auch ein Zeugnis ihres Glaubens sein. Durch Glauben und Gehorsam konnten sie und mit ihnen die ganze Generation der Chacopioniere in harter Arbeit den wilden Chaco doch zu ihrem verheißenen Lande machen, in dem heute Milch und Honig fließt, besonders wenn es genügend regnet.

Die Sammlung des Materials und die Verfassung dieses Buches sind auch für mich zum großen Segen geworden.

Helmut Isaak

I. GLAUBET IHR, SO BLEIBET IHR

Auf der Goldenen Hochzeit von Jakob und Elisabeth Isaak wurde dieser Text (Jesaja 7,9) von einem der Söhne als Leitspruch für das Leben seiner Eltern angeführt und ausgelegt.

Die Familie auf der Goldenen Hochzeit von Vater und Mutter.

Diese Worte lässt Gott durch seinen Propheten Jesajas an den König Ahas ausrichten, als Jerusalem von übermächtigen Feinden umringt ist. Die Zukunft des Volkes Israel als solches hängt nicht von der Macht seines Heeres oder der Stärke der Mauern Jerusalems ab, sondern an erster Stelle von seinem Glauben und Vertrauen in das noch zukünftige Heilshandeln Gottes. Gott hat schon immer wieder in die Geschichte seines Volkes eingegriffen, wenn es um dessen Sein oder Nicht-Sein ging. Schon bei der Flucht aus Ägypten, als Pharao die Israeliten mit seinem Heer vor dem Roten Meer eingeschlossen hatte, lässt Gott folgende Worte durch Moses zu seinem Volke sprechen: „Fürchtet euch nicht, steht fest und sehet zu, was für ein Heil der Herr heute an euch tun wird. Denn wie ihr die Ägypter heute seht, werdet ihr sie niemals wieder sehen. Der Herr wird für euch streiten, und ihr werdet stille sein." 2. Mose 14:13-14

Glaubet ihr, so bleibet ihr. Glaubet ihr nicht, so bleibet ihr nicht. Mit anderen Worten, die Zukunft des Volkes Gottes als solches hängt einzig und allein von seinem Glauben ab. Glauben bedeutet für Israel, dass es sich in kindlichem Vertrauen dem Heilshandeln Gottes aussetzt.

Das „Glaubet ihr, so bleibet ihr" gilt auch im Neuen Testament. Auch das Bestehen und die Zukunft der Gemeinde Jesu Christi, des neuen Volkes Gottes, hängt einzig und allein von seinem Glauben und Vertrauen in Gottes Verheißungen ab.

Für Jakob und Elisabeth Isaak war der Aufbruch nach Moskau, die Ausreise nach Deutschland und dann nach Paraguay eine Frage des Glaubens und des Gehorsams. Auch für sie galt und gilt immer noch: Glaubet ihr, so bleibet ihr.

August 1930: Auf dem Auhagener *Chutor* im wilden Chacobusch

Mit bitterem Humor nannten die Auhagener ihr erstes Zeltcamp auf dem Ansiedlungskamp *Chutor* (Landsitz eines Gutsbesitzers).

Wieder ist es Abend geworden. Alle Kampfeuer sind erloschen. Es ist schwarze Nacht. Ein kalter trockener Wind weht vom Süden. Über den Zeltplanen spannt sich der unglaubliche Sternhimmel des Gran Chaco in einer Klarheit, wie ihn die Flüchtlinge im Auhagener Zeltlager nie vorher gesehen haben. Nur hin und wieder hört man das Bellen eines neugierigen Fuchses oder das Weinen eines Kindes, das versorgt werden will. Auch die Erwachsenen wälzen sich auf ihren harten Strohlagern ohne den ersehnten Schlaf finden zu können. Zu viel ist in den letzten Jahren, Monaten, Wochen und Tagen geschehen. Zu viel muss noch in Gedanken und emotional verarbeitet werden. Erst der Aufbruch nach Moskau, wo sich Tausende Deutsche: Mennoniten, Katholiken und Evangelische sammeln, die auf eine Ausreise nach Deutschland hoffen. Dann banges Warten. Besonders die Nächte in den Vorstädten Moskaus sind von Unheil geschwängert. Wird der *schwarze Rabe* der GPU um Mitternacht vor unserer Tür halten, um den Vater, Bruder oder Onkel auf nimmer Wiedersehen zu holen. Dann das Wunder. Etwa 6000 Flüchtlinge bekommen Ausweise und dürfen die Reise in die Freiheit antreten. Staatenlos kommen sie schließlich nicht nach Kanada oder die USA, wohin sie eigentlich wollten, sondern in die verrufene grüne Hölle des Chacobusches Paraguays.

Während der Herrschaft der Romanows war Russland für die Mennoniten mehr und mehr zu ihrer Heimat geworden. Unter dem Schutze der Privilegien konnten sie frei ihres Glaubens leben. Noch wichtiger für die meisten war jedoch, dass sie sich auch wirtschaftlich und kulturell immer schneller entwickelten. Um die Wende vom neunzehnten zum zwanzigsten Jahrhundert schickten sie ihre jungen Männer nach Hamburg und in die Schweiz auf die Bibelseminare. Ging es aber um das Studium der Landwirtschaft, der Medizin oder um Maschinenbau, so waren auch russische Hochschulen durchaus empfehlenswert. So finden wir zu Beginn des zwanzigsten Jahrhunderts mennonitische Studenten an vielen Universitäten Russlands, Deutschlands und der Schweiz. Diese jungen Intellektuellen waren es dann auch, die sich unter dem Einfluss des wachsenden Nationalismus der europäischen Länder immer bewusster die Frage nach der eigenen Identität stellten. Wer sind wir eigentlich? Sind wir Holländer, Friesen, Schweizer, Österreicher, Deutsche oder Russen? Um diese Frage zu beantworten, wurde sogar eine Studienkommission ins Leben gerufen. Eine eindeutige Antwort konnte jedoch nicht gefunden werden. Etwa die Hälfte der mennonitischen Familiennamen in Russland waren niederländischer Herkunft. Andere hatten nord- und süddeutsche, schweizerische und österreichische Wurzeln. Obzwar man in Russland immer bewusster von einem *mennonitischen Völklein* sprach, so war auch diese Bezeichnung für die Gebildeten nicht mehr zufriedenstellend.

Dass sich Russland politisch immer mehr von Deutschland ab- und Frankreich zuwandte, und dass man in den höchsten Kreisen der Regierung in Petersburg immer mehr mit einer direkten Krise, möglicherweise sogar mit Krieg zwischen Österreich-Deutschland und Russland-Frankreich um den Balkan rechnete, nahmen nur wenige Mennoniten bewusst wahr. Vielen war wohl bewusst, dass sie der Frage nach ihrer *völkischen* Identität auf die Länge nicht würden ausweichen können. Der Erste Weltkrieg mit all seinen Folgen machte diese Frage noch dringender. Durch die wachsenden Beziehungen zu Deutschland und die bewusste Pflege der deutschen Sprache wurden sie für die russischen Nationalisten immer mehr zu Feinden des russischen Staates. Weit schlimmer war, dass sie von den neuen Machthabern nach der kommunistischen Revolution als *Kulaken* (Landbesitzer) gestempelt wurden, denn diese galt es mit Stumpf und Stiel auszurotten.

Da die Existenz des *mennonitischen Völkleins* schon immer vom Schutz autokratischer Herrscher abhängig gewesen war, suchten sie nach der kommunistischen Revolution nach neuen Schutzherren. Da die neuen kommunistischen Herrscher im Kreml gerade ihre Existenz als *mennonitisches Völklein* am meisten bedrohten, liebäugelten sie mit anderen Herrscherhäusern in Europa. Plötzlich war man wieder *holländisch*. Dabei war man sich nicht bewusst, dass man sich mindestens als *niederländisch* hätte bezeichnen müssen, denn wirkliche *Holländer* sind bekanntlich nur die Einwohner der niederländischen Provinz Holland. Es wurden offizielle Briefe an die Königin der Niederlande geschrieben, die diese jedoch in ihrer Majestät souverän ignorierte.

Nach der schweren Hungersnot von 1920-21, die hauptsächlich durch sehr kurzsichtige Maßnahmen der frühen Sowjetregierung verursacht worden war, änderte die kommunistische Regierung im Jahr 1922 ihre Wirtschaftspolitik (NEP). Um die Wirtschaft neu aufzubauen durften die Landwirte wieder selbständig wirtschaften. Ohne staatliche Kontrolle konnte die Lebensmittelkrise sehr schnell überwunden werden.

Da die Mennoniten ihren Schutzherren, den Zaren, und auch ihre Privilegien verloren hatten, und da es auch kaum eine Möglichkeit der Auswanderung für sie gab, sahen sie sich gezwungen, mit den neuen Machthabern im Kreml zu verhandeln. Wenn sie sich bedingungslos der kommunistischen Partei mit ihrer materialistischen Ideologie angeschlossen und unterworfen hätten, wäre diese vielleicht zu bestimmten Konzessionen bereit gewesen. Das war aber unvereinbar mit ihrem Glauben und ihrer Weltanschauung.

Vater meinte später, dass viele der mennonitischen Landwirte schon bereit gewesen wären, in Kommunen einzutreten und gemeinsam das Land zu bearbeiten. Freiwillige mennonitische Produktionsgenossenschaften brachten in diesen Jahren eine Rekordernte nach der anderen ein. Das war aber nicht das Ziel des materialistischen Kommunismus. Er wolle einen neuen atheistischen Menschen nach seinem eigenen Bilde schaffen. Die alten Werte und Institutionen mussten daher radikal ausgerottet werden und mit ihnen alle Vertreter dieses Weltverständnisses.

1928 war es dann mit der vorläufigen Lockerung der kommunistischen Wirtschaftspolitik vorbei. Stalin organisierte alle seine Kräfte, um Russland in fünf Jahren zu einem industrialisierten kommunistischen Staat zu machen. Dieser erste Fünfjahresplan war dann auch wohl die Hauptursache des massiven Aufbruchs der mennonitischen und anderen deutschen Gruppen nach Moskau. Unter ihnen waren alle zukünftigen Fernheimer und auch Jakob und Elisabeth Isaak mit ihren drei Jungen.

In den ersten Tagen und Wochen geht es vielen der Auhagener Siedler auf ihrem *Chutor* so wie den Kindern Israels nach der wunderbaren Errettung von der Sklaverei Ägyptens. Sie sind durch das Rote Meer (das Rote Tor) gezogen. Endlich sind sie frei. Aber was bedeutet Freiheit schon mitten in der Wüste ohne Nahrung und ohne Wasser, oder in der undurchdringlichen Wildnis des Chacobusches. Sie sind jetzt bedingungslos dem Heilshandeln Gottes ausgeliefert. Sicherheit und Zukunft gibt es nur im Vertrauen und in dem Glauben, dass Gott seine Verheißungen erfüllen wird. Zusätzlich zu ihrem Vertrauen in Gottes Heilshandeln hatten die Fernheimer das Versprechen des MCC, dass dieses die Siedler nicht im Stich lassen würde.

Jakob und Elisabeth Isaak (Vater und Mutter) stehen vor dem Eingang ihres Zeltes. Sie denken beide dasselbe. Endlich sind wir frei, um ohne Angst unseres Glaubens zu leben, und eine neue Gemeinschaft der Kinder Gottes zu bauen. Aber womit! Diese unbegrenzte Freiheit im Chacobusch bringt noch kein Brot auf den Tisch. Sie baut keine Häuser als Schutz vor den wilden Gewitterstürmen im Sommer. Sie wärmt zwar das Herz und den Verstand, aber vor dem eisigen Südwind im Winter schützt sie nicht. Sind wir frei geworden, um hier in dieser Wildnis zu verhungern und zu verdursten?

Typische Chacolandschaft.

Der Wechsel von der schönen Wirtschaft in Karlovka (Memrik) mit dem angenehmen Klima in die tropische Hitze und Trockenheit des Gran Chaco ist zu radikal. Ende November 1929 kamen sie nach Deutschland. Nach etwas über sieben Monaten in Deutschland wurden sie am 12. Juli eingeschifft und kamen am 15. August 1930 in Asunción an. Nach offizieller Begrüßung ging es weiter nach Puerto Casado, wo sie am 17. August ankamen. Die erste Fahrt mit dem sehr langsamen Lastzug durch den Chaco war sehr interessant. Palmkämpe wechselten sich mit trockenen Salzlagunen und einzelnen Buschinseln ab. Endlich kamen sie am 20. August auf Km 145

Mutter mit ihren ältesten drei Jungen in Deutschland 1930: Gerhard, Jakob und Kornelius.

an, wo die Mennos schon mit ihren Ochsenwagen warteten, um sie auf den Siedlungskamp Nummer 9 zu bringen. Mindestens ein Dutzend Fahrer mit ihren Wagen warten schon auf die 22 Familien, die auf dem Auhagener Kamp ansiedeln sollen. Die Fahrt in der Karawane der Ochsenwagen war langsam, aber äußerst interessant und lehrreich. Es gab hunderte Fragen über die Bäume und Sträucher und andere Pflanzen des Chacobusches. Besonders abends auf den Futterplätzen, wo alle um die Kampfeuer herum saßen, wollten die Fragen kein Ende nehmen. Während der Fahrt

Mutter und Vater mit Jakob und Gerhard vor ihrem Hause in Karlovka.

ging es weiter mit den Fragen. Vater wollte wissen, was man alles im Chaco anbauen kann. Der Mennomann, der übrigens für die Kinder „Ohmtje Wiebe" oder auch Franz Wiebe oder einfach Fraunz für die Erwachsenen hieß, beantwortetet alle Fragen auf eine einfache und doch zutreffen-

So brachte Ohmtje Wieb unsere Eltern von der Bahnstation zum Auhagener Siedlungskamp.

de Weise. Dabei hat er so einen trockenen Humor, dass das Gelächter häufig weit in den Busch schallt. Nein, Weizen kann man im Chaco nicht anbauen, dafür ist es zu heiß im Sommer und im Winter zu trocken. Dann spricht er von Baumwolle, Kafir, Bohnen, Erdnüssen, von Mandioka und Süßkartoffeln, alles Kulturen, die man kaum vom Hörensagen kennt. Auch Obst wächst im Chaco, allerdings klingen die Namen wieder fremd, besonders, da er häufig englische Wörter einflicht. Deshalb muss er immer wieder erklären, was die verschiedenen Kulturen eigentlich bedeuten, und welchen Nutzen sie haben. Als er Wassermelonen erwähnt, glänzen die Augen der kleinen Jungen auf. Ja, die kennen wir von zu Hause. Da hatten wir sooo große, na sagen wir mal, wie der Kopf eines Kindes. Ohmtje Wiebe lächelt etwas nachsichtig, als er erklärt, dass Wassermelonen im Chaco bis zu 20 kg wiegen können, also etwa fünfmal so groß werden wie in Russland. Das verschlägt den Jungen zunächst die Sprache. Wenn das so ist, dann wird es sich im Chaco schon leben lassen. Nach tagelanger Fahrt erreichen sie endlich den Auhagener Siedlungskamp. Nachdem die wenigen Habseligkeiten im hohen Bittergras abgeladen sind, verabschiedet sich Ohmtje Wiebe mit den Worten: „So, hia senn jie nu tuus". Nachdem die Wagenkarawane der Mennos endlich auf der schmalen Schneise durch den Busch verschwunden ist, gibt es Tränen und Ausrufe: Hier sollen wir zu Hause sein? In dieser Wildnis sollen wir leben? Ja, das war die unabänderliche Wahrheit. Einen Weg

zurück gab es für die Auhagener Ansiedler so gut wie gar nicht. Bis sie die Worte von Ohmtje Wiebe „Hia senn jie nu tuus" wirklich annehmen konnten, würde es noch viel Zeit brauchen.

Der verfilzte Chacobusch erschien ihnen wie eine Wüste, voller Stacheln, ohne Wege und ohne Wasser. Nirgends hört man das leise Plätschern eines Baches oder das Rauschen eines wasserreichen Flusses. Selbst die natürlichen Wasserstellen trocknen in einigen Wochen oder Monaten unter der unerbittlichen Chacosonne, dem kalten, trockenen Südwind oder dem glutheißen Nordsturm wieder aus. Das hatten sie zur Genüge erst auf der Bahnfahrt und dann vom Ochsenwagen aus beobachtet.

Um hier in dieser Wildnis zu überleben, muss Wasser herbeigeschafft werden. Brunnen müssen gegraben werden. In einer Tiefe von acht bis zehn Metern kann man gutes, wenn auch spärliches Wasser finden. Aber von etwa zehn Brunnen, die mit viel Mühe und immer unter Lebensgefahr in gemeinsamer Arbeit von den Männern mit Spaten und Schaufel gegraben werden, liefern nur einer oder zwei gutes Wasser.

Brunnenschacht mit Rundhölzern ausgekleidet, so dass er nicht einstürzen kann.

Das Auhagener Zeltdorf wurde in der Nähe solch eines Brunnens angelegt. Aber schon nach kurzer Zeit ist der Vorrat an gutem Wasser erschöpft und der Brunnen liefert nur noch salziges Wasser. Neue Brun-

Im Schutze der Bäume wurden die ersten Zelte errichtet. Kinder beim Reigenspiel.

nen müssen gegraben werden. Aber das Wasser der meisten ist so salzig, dass nicht einmal das Vieh es saufen will. Schließlich findet man gutes Wasser, und diesmal reichlicher. Aber dieser Brunnen befindet sich auf einem Palmkamp, der eineinhalb Kilometer vom Zeltdorf entfernt liegt. Eine etwas breitere Schneise wird von den Männern mit Axt und Spaten durch den Busch geschlagen. Mit dem Tragholz über den Schultern wird das Wasser jetzt von Frauen und Männern herbeigeschafft, denn Wagen und Pferde hat man noch nicht.

Schneise durch den Busch. Nur für Fußgänger und Reiter passierbar.

Aber lassen wir Vater selber erzählen, so wie er es auf der Jubiläumsfeier Auhagens am 29. September 1971 tat :

„Es war Ende 1929, als unter den Mennoniten Russlands eine fieberhafte Unruhe ausbrach. Die Maßnahmen der Regierung, die in einem Fünfjahresplan durchgeführt werden sollten, waren der Art, dass sich viele Familien gezwungen sahen, die russische Heimat um ihres Glaubens willen zu verlassen, um einen Weg ins Ausland zu finden. Es waren Tausende, die in den Monaten Sep-

Vater und Mutter mit Gerhard, Jakob und Kornelius 1930 in Deutschland.

tember, Oktober und November fluchtartig ihre Häuser und Dörfer verließen und nach Moskau fuhren. Unter diesen waren auch die 22 Familien, die später das Dorf Auhagen gründeten, denen es mit Gottes Hilfe gelang nach Deutschland zu kommen. Aber in Deutschland durften wir nicht bleiben. Wir mussten weiter. Kurzfristig wurden die Flüchtlinge in den Lagern Hammerstein, Prenzlau und Mölln untergebracht und verpflegt. Nach gründlichen ärztlichen Untersuchungen wurde einer kleinen Gruppe von gesunden Familien die Einreise nach Kanada gewährt. Diese wurden Anfang 1930 abgeschoben. Der weit größte Teil der Flüchtlinge aber durfte nicht nach Kanada.

Foto von Vaters Personalausweis in Deutschland, 1930.

Für diese musste in anderen Ländern Aufnahme gesucht werden. Die deutsche Regierung drängte, dass wir das Land verlassen sollten. Prof. B. Unruh und das MCC arbeiteten fieberhaft und es gelang ihnen, für etwa 1000 bis 1500 Personen in Brasilien die Einwanderungsgenehmigung zu erhalten. Wiederum ging es auch hier mehr um die Gesunden. Auf Lichtbildvorträgen wurde uns das Siedlungsgebiet in den Bergen von Santa Catarina mit seinem undurchdringlichen Urwald gezeigt, und auf die Schwierigkeiten der Erschließung dieser Wildnis hingewiesen. Diese waren so groß, dass ich mich mit meiner Familie nicht für Brasilien entscheiden konnte.

Inzwischen hatte auch Paraguay die Türen für alle Mennoniten geöffnet mit vollen Privilegien für jung und alt, gesund oder krank. Das Siedlungsgebiet aber war der total unkultivierte, menschenleere, wilde Gran Chaco, auf der Karte ein total leerer Fleck. Als ich den leeren Fleck auf der Karte sah und daran dachte, dass wir dort siedeln und unsere Existenz in dem wilden Chacobusch erarbeiten und denselben unter Kultur bringen sollten, beschlich mich doch eine gewisse Bangigkeit. Ich zögerte mit der Meldung für Paraguay, zumal ich mit Familie die Erlaubnis erhalten hatte, noch länger in Deutschland zu bleiben.

Das MCC und auch die europäischen Hilfsorganisationen arbeiteten hart und hingebungsvoll. Sie sammelten Geld, um den Auswanderern nach Paraguay eine entsprechende Ausrüstung mitzugeben, die es den

Siedlern möglich machen würde, einen neuen Wirtschaftsanfang zu machen.

Diese Ausrüstung bestand aus einer Zeltplane, 6 mal 6 Meter; ein Paar Ochsen auf zwei Wirtschaften; ein Wagen auf vier Wirtschaften; ferner auf jede Wirtschaft ein Pflug, eine Egge, ein Kultivator, zwei große Hacken, eine kleine Gemüsehacke, eine Sense, eine Buschsense auf zwei Wirtschaften, ein Buschmesser, eine Axt, ein Spaten, eine Spitzhacke auf zwei Wirtschaften, eine Laterne und in Paraguay noch eine Zinktonne pro Wirtschaft. Dazu kam die Küchenausrüstung. Diese bestand aus einer Herdplatte, zwei gusseisernen Kasserolen, einer Bratpfanne, drei Schüsseln, je einem Teller, einer Tasse, einem Messer, einer Gabel, einem Löffel pro Person, drei emaillierte Kasserolen, einem Schöpflöffel, einer Fleischmaschine auf vier und einer Nähmaschine und ein Mauergrappen auf sechs Wirtschaften. Das war im Grunde genommen recht viel und wir hatten allen Grund dankbar zu sein. Dazu kam vom MCC noch die volle Verpflegung für ein Jahr und Unterstützung und finanzielle Hilfe für die Anfangsjahre. Das MCC versprach, der brüderliche Rückhalt für die entstehende Kolonie zu sein. MCC hat dieses Versprechen immer gehalten.

Nachdem die Frage der Ausrüstung geklärt war, traten Prof. H. S. Bender als Beauftragter des MCC und Prof. B. Unruh vor die Flüchtlinge und begannen mit der Werbung von Ansiedlern für Paraguay. Es dauerte nicht lange und die erste Gruppe war voll und wurde abgeschickt. Diese bestand aus den Siedlern der Dörfer 1, 2 und halb 3. Nach einigen Wochen war auch die zweite Gruppe voll: die Dörfer halb 3, 4 und 5. Wieder nach einigen Wochen war auch die dritte Gruppe, die Dörfer 6, 7, 8 bereit zur Abreise. Der vierte und letzte Transport bestand aus den Dörfern 9, 10 und 11.

Bronzeplatte mit den Namen der Auhagener Ansiedler.

Die Verteilung der Siedler auf die einzelnen Dörfer wurde schon in Deutschland durch Verlosung gemacht. Auch die Dorfschulzen wurden schon in Deutschland gewählt. Die Wahl für Dorf #9, das später den Namen Auhagen erhielt, fiel auf Julius Töws. Der Name Auhagen wurde zu Ehren von Prof. Auhagen gewählt, der sich in Moskau selbstlos für die Sache der Flüchtlinge einge-

Die Familienhäupter der Auhagener Dorfsgemeinschaft, wie sie noch in Deutschland ausgelost wurden. Der zweite von rechts in der zweiten Reihe ist Vater.

setzt hatte. 22 Familien mit 107 Personen wurden in Auhagen auf 22 Wirtschaften angesiedelt.

Als die Mennos die 22 Familien abgeladen hatten und sich auf den Heimweg machten, gab es viele Fragen und Tränen: „Hia sell wie bliewen? Hia sell wie aunsiedle enn wohne?" Nicht weit von dem Brunnen wurde das vorläufige Zeltdorf, Chuta genannt, angelegt. Da die fremdartige, oft als unheimlich empfundene Wildnis, in der es 'wilde' Indianer geben sollte, doch beängstigend wirkte, wurden die Zelte möglichst dicht nebeneinander aufgeschlagen. Doch nichts geschah. Die Indianer ließen sich nicht sehen, und wir wagten uns sogar etwas in den Busch hinein.

Die erste, alle schwer belastende Entdeckung war für uns: der Brunnen hat nur sehr wenig Wasser. Es reicht lange nicht aus. Fuhrwerk und Tonnen hatten wir noch nicht. So musste das Wasser in Eimern von einem eineinhalb Kilometer entfernten Brunnen geholt werden.

Das erste gemeinsame Unternehmen der Dorfsgemeinschaft bestand daran, weitere Brunnen zu graben. Mehr als ein Dutzend Versuche auf dem Dorfskamp lieferten nur salziges Wasser. Schließlich fand man zwei Kilometer entfernt auf einem Wasserkamp sehr gutes und reichliches Wasser.

Weiter musste das Land vermessen und der Dorfsplan angelegt werden. Der kleine Kamp musste auf 22 Hofstellen vermessen werden. Jede Hofstelle konnte nur 65 m breit sein. Die Länge war sehr verschieden. Sie sollte 460 m betragen, aber nur 4 Hofstellen hatten so viel offenen Kamp.

Ende September und Anfang Oktober siedelten wir über ins Dorf, jede Familie auf die eingeloste Hofstelle. So entstand ein recht malerisches Zeltdorf. Das Holz zum Gerüst des Zeltes musste im Busch ge-

Auf der Straße des Zeltdorfes geht die ganze Familie zur Feldarbeit.

schlagen und auf den Schultern zur Baustelle getragen werden. Nach der Aufrichtung des Zeltes kam die Möblierung. „Menschenskjinja wea daut ne Konst! Sprotebade, 70 bott 80 cm breet en 1,5 bott 2 m lang. Opp dee Sprote kaum een Strohsack. Wie schleepe wundaboa scheen!" Bänke wurden von Palosanto gemacht und Stühle vom Flaschenbaum.

In den Monaten Oktober und November und Dezember erhielten wir dann die Ausrüstungsochsen und auf eine jede Familie eine Kuh, doch nicht die Milch. Darauf mussten einige noch ein Jahr warten. Mit dem Empfang der wilden Ochsen war das Zähmen und das Einfahren verbunden. Das war besonders für die jungen Burschen des Dorfes eine sehr willkommene, aber nicht gerade ungefährliche Herausforderung. Doch

Zelt mit Lagerstätte aus Rundholz und Schilf.

Gott sei gedankt, es ging ohne großes Ünglück vor sich. Bald mussten dann die ersten Ochsenwagen zur Bahnstation fahren, um die Lebensmittel für die Siedler zu holen.

Unsere Verpflegung bekamen wir monatlich in Produkten wie Mehl, Reis, Öl oder Fett, Zucker, Bohnen und Fleisch zugeteilt.

Mit den Ochsen beim Pflügen.

Die Portionen waren nur klein. Für Familien, die nur aus Erwachsenen bestand, war es sehr knapp bemessen. Die paraguayischen Bohnen, die uns nicht schmeckten, erwiesen sich als durchaus gesund für den Magen und für den Körper. Wir lernten sie essen.

Mit dem Beginn der Regenzeit in Oktober, November und Dezember begannen wir dann mit der ersten Aussaat. Persönlich hatten wir mit Spaten und Hacke eine Fläche von fünf mal sieben Metern gereinigt und umgegraben. Hier pflanzten wir unsere ersten Erdnüsse. Dann pflügten wir etwa einen Hektar mit den Ochsen und pflanzten Baumwolle, Bohnen und Kafir. Die Ernte im Herbst war ganz gut.

Der Gütertransport war in der Regenzeit eine anstrengende Arbeit. Hier hat man schon zwei Ochsenpaare vor den Wagen gespannt, um diesen durch den Schlamm zu ziehen.

Die Familien mit erwachsenen Kindern fingen dann mit dem Bau der ersten Häuschen an. Zuerst wurde ein Holzgerüst aufgestellt und mit Schilf oder Bittergras gedeckt. Die Wände wurden von in Lehm getauchten Bündeln von Bittergras gemacht. Diese Bündel wurden über Zinkdraht oder Rundholz gehängt und dann

Endlich bricht die Regenzeit an.

miteinander verknetet, so dass es eine luftdichte Wand ergab. Oder sie wurden mit Luftziegeln gemauert. Andere mischten Bittergras mit Lehm

Mit dem Brettschneider werden die Bretter für die ersten Türen und Fensterläden geschnitten.

So wurden die ersten Häuschen gebaut.

und kneteten diesen in von Brettern gemachte Formen, die dann schichtweise aufgeführt wurden. Palo Blanco wurde gespalten und von drei Seiten mit dem Beil und Hobel bearbeitet und geglättet. Davon wurden dann die Fenster- und Türrahmen gemacht. Die ersten Familien konnten schon zu Weihnachten 1930 in ihre neuen Häuschen einziehen. Unseres wurde erst 1931 fertig.

Nebenbei musste jeder Wirt den Zaun an der Dorfstraße machen. Gemeinsam in Form von Scharwerk wurde der ganze Dorfskamp eingezäunt. Beim Hacken der Zaunpfosten und beim Roden des Kamps halfen uns dann schon die Indianer.

Ende November 1930 starb Opa Julius Martens. Aus einem Flaschenbaum wurde der Sarg gemacht und die Leiche darin gebettet. Die Bestattung geschah dann auf dem dafür am Rande des Busches angewiesenen Friedhof. Seine Frau starb etliche Monate später und wurde neben ihrem Manne begraben. Anfang 1932 brach der Krieg zwischen Paraguay und Bolivien aus. Das brachte Militär in die Dörfer der Kolonie. Auch bei uns wurde eine kleine Gruppe westlich des Dorfes stationiert. Da die Disziplin im paraguayischen Heer damals sehr streng war, wurde niemand von den Soldaten belästigt. Nur auf die Indianer wurde rücksichtslos geschossen, da man sie der

Typisches Häuschen der Ansiedlungsjahre, Kinder auf dem Ochsenwagen, Hühner und Schwein gehören schon dazu. Die Familie tut sich an einer der riesigen Wassermelonen gütlich.

Palo Blanco, Quebracho und Flaschenbaum auf einer typischen Viehweide.

Spionage für Bolivien verdächtigte.

Sonst konnten wir ungehindert der Arbeit auf unseren Wirtschaften nachgehen, an unseren Häusern weiter bauen und das Land bearbeiten. Doch eines Tages ereilte uns die Schreckensnachricht: alle Ansiedler sollen evakuiert werden. Das verursachte schwere Gedanken und Sorgen. Wie soll das bewerkstelligt werden? Hatten wir doch nur einen Wagen auf vier Familien. Werden wir wieder alles verlieren, was wir so mühsam aufgebaut haben? In allen

Von links, Gerhard auf dem Pferd, Kornelius, Heinrich und Jakob vor dem ersten Adobehaus in Auhagen 1934.

Dörfern wurden Gebetsstunden abgehalten, dass Gott doch dieses Unheil von uns abwenden möchte. Und der Herr erhörte. Am nächsten Morgen kam die Nachricht: die Evakuierung ist eingestellt. Wie waren wir froh und dankbar!

Als der Chacokrieg ausbrach, wurde auch in Auhagen ein Militärlager errichtet. Das Kommando besucht auch die Dorfschule. Hinten links der Lehrer Gerhard Rempel. Vorne rechts Gerhard Isaak.

Da drei Hektar Ackerland pro Familie zu wenig war, wurden die umliegenden Kämpe vermessen und urbar gemacht. Das erweiterte die Anbaufläche bis auf fünf Hektar pro Familie. Es gab gute Ernten.

Eine große Schwierigkeit waren die ständigen Fahrten zur Bahn, um die notwendigen Lebensmittel und andere

Vater pflügt und Mutter sät den Samen in die lockere Erde.

Waren in die Dörfer zu bringen. Mit den langsamen Ochsen dauerte so eine Fahrt bei trockenem Wetter etwa eine Woche. Regnete es aber, so verwandelten sich die einfachen Erdwege in Schlamm, und die Wagen konnten wochenlang unterwegs sein.

In Auhagen gab es viele Kinder und Jugendliche. Unterricht wurde schon in den ersten Wochen im Schatten der Bäume abgehalten. 1934 wurde dann die Schule erbaut, wohl die größte in der Siedlung. Junge Frauen und Männer verliebten sich und Hochzeiten wurden gefeiert. Weiter wurde von Anfang an am Sonnabend abends Gebetsstunde abgehalten. Der Gottesdienst am Sonntagmorgen fand anfänglich im Schatten der Bäume, dann in den Häu-

Ein mit Axt und Spaten gemachter Weg im Chaco.

sern und später in der großen Schule statt. Unter den zahlreichen Jugendlichen gab es gute Sänger. Auf ihren Wunsch organisierte ich einen Chor, der zweimal wöchentlich übte und jeden Sonntag im Gottesdienst sang.

In Deutschland wurde uns erzählt, dass man im Chaco nicht mit Pferden arbeiten könne. Das erwies sich als unwahr. Schon bald wurden die ersten Maulesel und Pferde gekauft und erfolgreich in der Landwirtschaft eingesetzt. Die Aussaatfläche pro Wirtschaft konnte auf neun ha erweitert werden.

Erdnussernte: Erdnüsse werden vom Feld gefahren.

1934 kamen zum ersten Mal die Heuschrecken. Da die Ernte um Pfingsten schon größtenteils eingebracht war, richteten sie keinen großen Schaden an. Schlimmer war es, als sie im November zurückkamen und diesmal gleich ihre Eier mitten in unsere Pflanzungen legten. Als die Brut dann nach drei Wochen auskam, ging der schier hoffnungslose Kampf gegen sie los. Mit Spaten wurden lange Gräben ausgehoben, breit und tief genug, dass die kleinen Springer sie nicht überspringen konnten. Dann wurden diese in den Graben getrieben und wenn sie erst alle drinnen waren, wurde dieser zugeschüttet. Je älter und größer die Springer wurden, desto weiter konnten sie springen und desto breiter und tiefer mussten die Gräben ausgehoben werden. Die Springer versammelten sich immer in Schwärmen, die hunderte Quadratmeter bedecken konnten. Der Schwarm bewegte sich, oder eigentlich rollte er beständig in einer bestimmten Richtung vorwärts. Alles wurde auf seinem Wege gefressen. Wenn so ein Schwarm auf die Felder zurollte, wurde das ganze Dorf alarmiert und Groß und Klein half bei der Bekämpfung dieser Plage. – Dann kamen die Raupen und schlimmer noch die Ameisen. – Schritt für Schritt lernten wir alle diese Plagen zu bekämpfen, oder doch mindestens zu kontrollieren, so dass der Schaden begrenzt werden konnte.

Als 1937 eine Gruppe Siedler den Chaco verließ, um in Ostparaguay die Kolonie Friesland zu gründen, war niemand von den Auhagenern dabei."

Bis soweit der Bericht.

Vater und Mutter aber entschlossen sich 1937, im Nachbardorf, Nummer 14 oder Blumenort, zwei leer gewordene Wirtschaften zu kaufen, wo ihnen mehr Land zur Verfügung stand, um die Bedürfnisse ihrer wachsenden Familie zu decken.

Dezember 1930

Es ist Abend. Wieder sitzen Vater und Mutter vor dem Zelt. Aus Flaschenbäumen haben sie sich einfache, aber doch ganz bequeme Stühle gemacht. Die große Hitze des Tages hat etwas nachgelassen, aber es ist immer noch schwül. Unten am Horizont im Südwesten wetterleuchtet es. Sollte der ersehnte Regen endlich kommen? Vater hat die Zeltleinen alle geprüft, denn der Regen vom Südwesten kommt selten ohne Sturm.

Das kleine Erdnussfeld von sieben mal zehn Metern sieht gut aus. Baumwolle, Bohnen und Kafir sind gut aufgegangen und warten auf einen guten Regen.

Sie unterhalten sich über die Ereignisse des Tages. Am Morgen haben sie angefangen, Lehmziegel zu machen. In schwerer Arbeit konnten einige Hundert Ziegel gestrichen und zum Trocknen in der Sonne aufgereiht werden. Von den Nachbarn haben sie einige Blechplatten geborgt, um sie vor dem möglichen Regen zu schützen. Die Jungen haben schon richtig mitgeholfen, weil es ihnen soviel Spaß machte. Sie durften nach Herzenslust im und mit dem Lehm spielen, der für die Adobes durchgeknetet werden musste.

Wie so oft gehen ihre Gedanken wieder zurück nach Russland. Wie geht es den Eltern und Geschwistern? Von den Hildebrandts und Isaaks ist es nur Jakob und Elisabeth gelungen, aus Russland zu entkommen. Briefe brauchen viel Zeit und meistens bleiben sie unbeantwortet. Russland ist immer noch die Heimat. Dort haben sie ihre Kindheit, Jugend und ersten Ehejahre verlebt.

Wiederum lassen wir Vater selber berichten wie er es am 5. September 1949 in Karlsruhe auf der Silberhochzeit erzählte:

„In Samuel 7:12 lesen wir: „Da nahm Samuel einen Stein und setzte ihn zwischen Mizpa und Sen, und hieß ihn *Eben Ezer* und sprach: Bis hierher hat uns der Herr geholfen". Eben Ezer, so sprechen auch wir heute, meine liebe Frau und ich. Wahrlich bis hier hat uns der Herr geholfen. Der Herr hat Großes an uns getan, des sind wir fröhlich.

Heute wollen wir zur Ehre Gottes etwas aus unserem Leben und Erleben erzählen. Es war am 8. Oktober 1900, als ich in dem schönen Dörfchen Lindenau das Licht der Welt erblickte. Meine Eltern waren Gerhard und Maria Isaak, geborene Mantler. Wir hatten eine Vollwirtschaft von 65 Desjatinen, und in den letzten Jahren vor der Revolution bearbeiteten wir noch einmal soviel gepachtetes Land.

Ich war das achte Kind meiner Eltern. Nach mir kamen noch drei Geschwister. Wir waren also 11 Kinder in unserer Familie. Drei von den Geschwistern, Anna, Tina und Kornelius starben noch im Kindesalter. Die andern acht wurden alle groß. Dem Alter nach wurden wir wie folgt geboren: Gerhard, Helene, Peter, Heinrich, Hans, Maria, dann ich, und nach mir folgte noch der zweite Kornelius.

Hof von Gerhard Isaaks in Lindenau, Russland, wo Vater geboren wurde. V.l: Heinrich, Gerhard, Mariechen, Frau von Heinrich mit Kindern, Lena, Kornelius, Vaters Eltern, Gerhard Isaaks.

Meine Kindheit war, wie ich mich entsinne, eine sonnige. Unter Obhut liebender Eltern und Geschwister wuchs ich auf. Ich besuchte die zweiklassige Dorfschule in Lindenau, die bei uns auf der Nachbarschaft war. Ich hatte das Glück, ohne Wechsel der Lehrer diese Schule in meinem dreizehnten Lebensjahr zu beenden. Auf Wunsch meiner Eltern und Geschwister machte ich im Mai 1914 in der Orloffer Zentralschule mein Eintrittsexamen. Im Herbst sollte dann das Schuljahr beginnen. Doch der Mensch denkt und Gott lenkt. Es kam ganz anders. Im August kam, wie ein Blitz aus heiterem Himmel, die furchtbare Nachricht: Krieg! Seit diesem Augenblick war es mit der friedlichen Ruhe in den mennonitischen Dörfern und Kolonien auf immer vorbei. Auf ihrem Fuße folgte die zweite Schreckensnachricht: Mobilisierung der Aktiven und auch bald der Reservisten. Das hieß, dass alle Männer im Alter von 20 bis 40 Jahren in den Dienst der russischen Armee eintreten mussten. Unsere mennonitischen Männer schützte anfänglich noch das Privilegium. Aber nach kurzer Zeit wurden auch sie einberufen, um als Pfleger der Verwundeten und Kranken zu dienen. Das traf sofort drei meiner älteren Brüder, denn auch mein ältester Bruder musste sehr bald dem Rufe der Regierung Folge leisten, um im hohen Norden schweren Walddienst zu verrichten.

Plötzlich war Vater allein auf der großen Wirtschaft geblieben. Er stellte es mir frei zu entscheiden: Ich konnte, wie geplant zur Zentralschule nach Orloff gehen oder ich konnte zu Hause bleiben. Und wie ein Knabe in solchen Jahren oft töricht handelt, so auch ich. Ich entschied mich zu Hause zu bleiben, angeblich um dem Vater zu helfen. In Wahrheit aber lockte mich die Freiheit. Die Disziplin in der Schule schien mir zu streng zu sein. Zudem wurde in der Schule hart gelernt. Indem ich zu Hause blieb, konnte ich dem allen aus dem Wege gehen. Schon nach einem Jahr wäre ich gerne in die Schule gegangen, jedoch dann ging es nicht mehr. Ich musste bis zum Ende des Krieges warten. Dann, im Herbst 1917, wurde in unserem Dorfe eine Fortbildungsschule eröffnet. Das war für mich die Gelegenheit, noch einmal auf die Schulbank zu kommen und diese in zwei Jahren zu beenden. 1919 ging ich nach Berdyansk auf das Politeknikum Kopodorkux. Dieses war noch während der Denikins-Herrschaft von Ekaterinoslaw nach Berdyansk verlegt worden. Ein Semester konnte ich hier in aller Ruhe und Stille studieren. Es war eine sehr schöne Zeit in meinem Leben. Berdyansk, am Asowschen Meer gelegen, mit seinem schönen Badeort und den umliegenden Weingärten, wird mir immer in lieblicher Erinnerung bleiben. Doch mit des Geschickes Mächten ist kein ewiger Bund zu flechten, und das Unglück schreitet schnell (Schiller).

Schon längere Zeit drangen beunruhigende Nachrichten in die Stadt. Wir hörten von den Aufständen der russischen Bauern in den Gouvernements Ekaterinoslav und Taurien, die sich immer weiter ausbreiten sollten. Diese Nachrichten sollten sich nur allzu bald bestätigen. Schon näherten die Aufständischen sich unserer Stadt. Die kleine Garnison unserer Stadt versuchte zwar mit Kanonen und Maschinengewehren den Machnowzi den Einzug in die Stadt zu verwehren. Doch diese wählten einen anderen Weg. Sie kamen am Ufer des Meeres entlang über den Vorort der Stadt, wo es von Unzufriedenen nur so wimmelte. Als diese sich den Machnowzi anschlossen, waren die Banden mitten in der Stadt, bevor das Militär sie verteidigen konnte. Es gab zwar noch Straßenkämpfe für einige Stunden. Dann aber zog die Abteilung der Weißen Armee ab, und Berdyansk war hilflos dem Terror der Banden ausgeliefert. Es herrschte Anarchie. Nach einigen Wochen hieß es dann aber, dass der Unterricht in den Schulen wieder anfangen sollte. So war es dann auch. Wir fingen wieder mit unserem Studium an, doch von einer fruchtbaren

Arbeit konnte man nicht reden. Es war zu unruhig. Die Nachrichten vom Terror der Banden in unseren Dörfern und Kolonien waren äußerst alarmierend.

Eines Tages kamen wir als mennonitische Studenten, wir waren zu dritt, zusammen, um zu beraten. Einer von uns muss nach Hause fahren und genaue Informationen einholen. Die Wahl viel auf mich, und ich entschloss mich, mit der ersten Möglichkeit nach Hause zu fahren. Kurz darauf hörte ich, dass in den nächsten Tagen ein Zug nach Feodorowka abgehen sollte. Auf der Bahnstation wurde uns diese Nachricht bestätigt. Ich betete um Bewahrung und sicheres Geleit von Gott. Am nächsten Abend bestiegen wir den Zug. In unserem Abteil befanden sich weitere zehn bis fünfzehn Personen, die einen sehr unangenehmen Eindruck machten. Als der Zug dann nach mehreren Stunden endlich losfuhr, entgleiste er schon nach einigen Minuten. Es dauerte Stunden, bis es wieder weiter ging. Als die Sonne dann aufging, merkte ich, dass ich mich mitten in einer Bande betrunkener Machnowzi befand. Mir wurde doch sehr bange zumute. Wiederum fand ich Trost und Sicherheit allein im Gebet, und Gott erhörte mein Flehen. Da unsere Lok mit Holz geheizt wurde, kamen wir erst gegen Abend bis zur Zweigstation Wernij-Tokmak. Hier übernachteten wir. Abends hatte ich noch das Glück, den Führer der aufständischen Armee *Batjko-Machno* zu sehen. Angetrunken kam er gerade von GroßTokmak, wo er den jüdischen Großkaufmann *Tekker* erschossen hatte. Mit dem Revolver in der Hand, von zwei Genossen geführt, taumelte er an mir vorüber. Dabei stieß er die schrecklichen Worte aus: „Alle schneiden, die Toten und auch die Lebendigen!" Die bewahrende Hand Gottes führte es so, dass dieser Blutmensch nur wenige Minuten auf der Bahnstation verweilte und dann wieder weiterfuhr. Einer der Führer der Aufständischen gestand mir in einem vertraulichen Gespräch, dass es mit ihrer Sache nicht gut stehe, und dass sie sich schwerlich würden behaupten können.

In jener Nacht habe ich wenig geschlafen. Immer wieder betete ich, dass der Herr mich doch gesund und heil nach Hause bringen sollte. Und der Herr erhörte mich. Am anderen Morgen fuhr der Zug wieder weiter und ich kam noch vor Abend glücklich nach Hause. Hier kam ich noch gerade rechtzeitig an, um von meinem Bruder Hans Abschied zu nehmen. Er musste eine Anzahl Pferde, die von den Aufständischen ausgehoben waren, nach *Amelik* bringen. Unterwegs wurde er dann ermordet. Seine Leiche konnten wir erst nach zwei Monaten holen und begraben.

Ich war nun zu Hause und wäre gerne am nächsten Tage wieder zurückgefahren, doch es ging nicht mehr. Mein Studium hatte ein plötzliches Ende gefunden.

Eine furchtbare Zeit brach jetzt für die mennonitischen Kolonien an. Eine wie von Dämonen besessene Bande von Dieben und Mördern terrorisierte die Einwohner der Dörfer. Es wurde geraubt, gebrannt, gemordet und geschändet.

Wie im Tode erstarrt oder von Schrecken gelähmt, lagen unsere Dörfer mit ihren lieben Menschen da, unfähig, dem Wüten dieser Banden Einhalt zu gebieten. Vier bis fünf Wochen lang wurden viele Frauen und Mädchen geschändet und Hunderte Männer ermordet. Darunter war auch mein Bruder Hans.

(Erklärung: Den sehr umstrittenen Selbstschutz erwähnt Vater in seinem Bericht nicht. Es steht heute aber fest, dass etwa 2000 mennonitische junge Männer sich zusammenschlossen, bewaffneten und unter der Führung deutscher Offiziere die mennonitischen Dörfer mindestens zeitweilig schützten).

Doch endlich hatte auch diese Schreckensherrschaft ein Ende. Wir hatten eine Pause von einigen Monaten. Dann kam die Front zwischen der Weißen und Roten Armee immer näher und noch vor Weihnachten standen unsere Dörfer unter der Herrschaft der Roten. Nun gab es wieder eine Regierung und auch eine gewisse Ordnung und Sicherheit, denn dem Bandenwesen wurde jetzt ein entschiedenes Ende bereitet. Dafür gab es jetzt Einquartierungen und Lieferungen an das Heer. Wir hatten endlich Ruhe, aber die Weißen waren noch nicht endgültig geschlagen. Noch einmal drang General Wrangel von der Krim mit seiner Armee vor, aber die Roten drängten ihn zurück und noch vor Ende des Jahres waren sie Herr des ganzen russischen Reiches. Es währte jetzt nicht mehr lange und wir bekamen die Herrschaft des sowjetischen Regimes zu spüren.

Für eine Weile ging es uns ganz gut. Wir wurden nicht mehr sonderlich belästigt. Die Gemeinden konnte wieder ihres Glaubens leben. Als im Frühjahr wieder der Katechismus-Unterricht begann, nahm auch ich daran teil. Pfingsten sollte Tauffest sein. Ich hatte aber immer noch nicht eine klare Entscheidung für Jesus Christus getroffen. Ich war nicht bekehrt. Meine Sünde und Schuld machte mir zu schaffen. Dann eines Nachts konnte ich die ungeheure Gnade Gottes in der Vergebung meiner Sünden durch das Kreuz Jesu Christi erfassen und das Heil erlangen. „Du brauchst ja nur zu glauben", sprach eine Stimme in mir, und der Glaube kam. Ich wusste, dass auch meine Schuld vergeben war. Im Glauben an Jesus Christus, dem Sohne Gottes und meinem persönlichen Heiland, wurde ich Pfingsten 1920 vom Ältesten Bernhard Epp getauft und in die Lichtenauer Gemeinde aufgenommen.

Seitdem bin ich auf dem Wege der Nachfolge Jesu Christi. Leider muss ich bekennen, dass ich nicht immer treu geblieben bin. Das Befolgen des Wortes: „Lasset uns ablegen alle Sünde", brachte schwere Kämpfe und endlich auch Sieg. Ich durfte die Wahrheit des Wortes erfahren: „Wen der Sohn frei macht, der ist recht frei." Gott sei Dank! Es ging bei mir aber nicht von heute auf morgen, es war ein langer, harter Kampf.

1921 gab es infolge einer großen Dürre und einer chaotischen Wirtschaftspolitik der neuen kommunistischen Regierung eine totale Missernte in Südrussland. Reservevorräte an Getreide waren keine da. Es kam, was kommen musste: eine große Hungersnot. Wir hatten auf unsere große Familie etwa 45 Pud Weizen und einige Pud anderes Getreide bekommen. Das veranlasste mich, mit dem Schwager meines Bruders Heinrich, Hans Wiens, die Reise mit dem Pferdefuhrwerk zum Kuban anzutreten. Von dort ging es weiter zu den mennonitischen Siedlungen im Terekgebiet. Das ungenannte Ziel unserer Reise war jedoch Amerika. In 17 Tagen kamen wir unbehelligt bis Weliko Knjaschesk im Kuban. Dort fanden wir zwölf große mennonitische Dörfer. Die Bauern waren wohlhabend und hatten von der Revolution noch wenig gelitten. Hier hielten wir uns für die nächsten vier bis fünf Wochen auf. Dann fuhren wir mit einem Transport von Rückwanderern zu der Tereker Ansiedlung. Diese waren von den Obreken ausgeplündert und vertrieben worden. Bis dahin waren wir fünf junge Männer. Jetzt kamen noch weitere fünf dazu, so dass wir zu zehnt auf dem Wagen waren. Im Dezember kamen wir zur Tereker Ansiedlung, wo ich sofort eine Lehrerstelle annahm. Damit hatte ich Quartier und Kost und war gut versorgt. Später, als es auch bei meinen Wirten immer knapper wurde, nahm ich eine Stelle bei einem reichen Tartaren als Hauslehrer an. So arbeitete ich bis Ostern.

Nach Ostern aber verkauften wir unsern Wagen und die Pferde und machten uns auf den Weg nach Batum, einer Hafenstadt am Schwarzen Meer in der Nähe der türkischen Grenze. Hier hatten sich im Laufe der Zeit eine Gruppe mennonitischer Familien gesammelt, etwa 250 Personen umfassend. Sie waren von der Molotschna, der alten Kolonie und der Krim vor dem Hunger hierher geflüchtet, um von hier nach Amerika auszuwandern. Diese Gruppe hatte Verbindung zum MCC und hatte gute Aussicht nach Amerika zu kommen. Leider verzog sich die Abfahrt von einem Monat auf den andern. Als Typhus ausbrach, starben etwa 40 Personen. Zeitweilig waren so viele erkrankt, dass keine Männer mehr übrig waren, um die Gräber für die Toten zu graben. Dann mussten eben Frauen diese schwere Arbeit tun. Auch die Malaria wütete unter uns. Auch ich wurde krank an Rückfall-Typhus. Beim dritten Anfall bekam ich Fleckentyphus und musste ins Hospital. Dort lag ich 14 Tage ohne Besinnung. Doch meine Zeit zum Sterben war noch nicht gekommen. Ich genas und fand wieder Arbeit in der Stadt. Wir warteten weiter auf unsere Abfahrt nach Amerika. Doch es kam ganz anders. Ich bekam Malaria, und zwar so schlimm, dass die Ärzte mir rieten, Batum zu verlassen, sonst würde ich hier sterben.

Inzwischen war es Dezember 1922 geworden. Hans Wiens und ich entschlossen uns, nach Hause zu fahren. Wir schlossen uns einer Gruppe mennonitischer Flüchtlinge an, die sich Anfang Dezember zurück transportieren ließen. Hans und ich fuhren jedoch nicht nach Hause, sondern stiegen in Ebental, in der Memrik-Kolonie aus und verbrachten die Weihnachtstage bei meinem Onkel Johann Isaak. Von dort aus fuhr ich nach Ossokino zu meinem Bruder Peter Isaak und zu meiner Schwester Maria, die auch dorthin geheiratet hatte. Ihr Mann, mein Schwager, war Heinrich Mantler. Mein Bruder Peter hatte mir schon lange geraten, zu ihnen zu kommen, aber bis dahin hatte ich nicht gewollt. Nun aber hatte der Herr es so geführt.

Foto von Mutters Personalausweis im Lager in Deutschland.

Hier war es, wo ich ein junges Mädchen kennen lernte, das mir auf den ersten Blick gefiel, und zu dem ich mich sofort hingezogen fühlte. Nach und nach kamen wir uns näher. Als ich sie eines Tages fragte, ob sie meine Frau werden möchte, willigte sie ein. Dieses Mädchen hieß Elisabeth Hildebrandt, meine jetzige, sehr geliebte Frau. Im Laufe von 25 Jahren ist sie mir eine treue Gehilfin gewesen, ja ein guter Kamerad. In guten und in bösen Tagen hat sie mir immer treu zur Seite gestanden.

Einige Tage, nachdem sie mir ihr Jawort gegeben hatte, gingen wir zu ihren Eltern. Als wir ihnen mitteilten, dass wir uns liebten, und um ihren Segen baten, wurde uns dieser gerne gegeben. Danach gab es noch eine kleine Verlobungsfeier. Weil die Ernte aber unmittelbar bevorstand, wurde die Hochzeit um zwei Monate hinausgeschoben. Dieser zweimonatige Brautstand war für uns eine wunderbar schöne Zeit. Es war Erntezeit. Wir konnten nicht oft zusammenkommen, und doch war es eine herrliche Zeit. Noch heute denken wir mit Freuden an jene Zeit zurück.

Endlich kam dann doch der Tag, der uns für das ganze Leben hier in dieser Welt verbinden sollte. Es war der 24. August, oder 5. September 1924, ein wunderschöner Spätsommertag. Viele Gäste von nah und fern waren gekommen, um an unserer Freude teilzunehmen. Darunter war auch unser lieber Ältester Jakob Pätkau von Memrik. Er war gekommen, die Trauhandlung an uns zu vollziehen. Zum Trautext hatte er Psalm 84:12-13 gewählt. Seine Ausführungen waren sehr zutreffend. Dieser Text hat sich in unserem Leben immer wieder als wahr erwiesen. „Gott, der Herr ist Sonne und Schild. Der Herr gibt Gnade und Ehre. Herr Zebaoth, wohl dem Menschen, der sich auf dich verlässt."

Auch meine liebe Liese hatte 1920 ihren Heiland gefunden, und war bald darauf auf das Bekenntnis ihres Glaubens in Memrik getauft worden. So standen wir auf demselben Glaubensgrund, und konnten vom ersten Tage unserer Ehe unsere Knie beugen vor unserem gemeinsamen

Von links: Kornelius Hildebrand mit seiner ersten Frau; die Eltern Gerhard Hildebrands mit erstem Großkind Gerhard Isaak, Jakob und Elisabeth Isaak.

Herrn und Heiland und tun es heute noch. Jesus Christus und durch ihn Gott, unser Vater im Himmel, ist die Sonne unseres Lebens. Seine Gnade, Macht und Liebe sind der Schild, der uns bewahrt hat in Stunden der großen Gefahr an Leib und Seele. Und wie hat der Herr uns seine Gnade immer wieder in so reichem Maße zuteil werden lassen. Mit der Gnade ist auch Ehre gekommen, wovon wir aufrichtigen Herzens sagen können, wir haben sie nie gesucht.

Es hat uns auch an Gutem in unserem Leben nicht gemangelt. Wir können es bezeugen. Es ist wirklich Wahrheit: „Wohl dem Menschen, der sich auf ihn verlässt." „Befiehl dem Herren deine Wege", so wurde es mir in einer sehr ernsten, entscheidungsschweren Stunde zugerufen:„... und hoffe auf ihn. Er wird's wohl machen." Ich habe es getan und meine Frau auch. Und wir haben es erfahren: Der Herr steht zu seinen Verheißungen. Und was er zusagt, dass hält er gewiss.

So haben wir unsere Ehe auf dem wahren Fundament des Lebens, Jesus Christus und seinem Worte, geschlossen. Und unser Ältester, Jakob Pätkau, der in den dreißiger Jahren auch ein Opfer der Sowjets wurde, hat sie eingesegnet.

Aus zweien war eins geworden, und wir freuten und sonnten uns an unserem Glücke. Leider waren die Verhältnisse der Zeit nicht so, dass wir an die Gründung unseres eigenen Herdes denken konnten. Wir blieben bei den Schwiegereltern und wohnten noch fünf Jahre mit ihnen zusammen unter einem Dach. Meine Frau war die einzige Tochter im Hause. Ihr Bruder, den einzigen den sie hatte, folgte bald unserem Beispiel und heiratete ebenfalls. So wohnten wir als zwei junge Paare mit den Eltern zusammen, und es ging ganz gut.

Doch nicht lange. Die politischen Verhältnisse zwangen uns, unseren schönen und auch wirtschaftlich sehr gut gelegenen Chutor zu verkaufen und anderswo eine Lebensmöglichkeit zu suchen. Wir fanden sie in der Memriker Kolonie im Dorfe Karlovka. Dieses schön gelegene Dorf am Flüsschen Wolschja mit lieben guten Nachbarn wurde unsere neue Heimat. Dort konnten wir eine schöne Wirtschaft mit einem großen Garten kaufen.

Im Grunde genommen aber handelten wir töricht. Wir hätten damals nach Kanada auswandern sollen. Doch Russland war schön, war gut und war uns wirklich zur irdischen Heimat geworden. Warum es also verlassen? Es wird wieder alles gut werden. Die Revolution und die Hungersnot sind ja vorüber. So dachten wir, so glaubten wir und so handelten wir. Die neue Wirtschaftspolitik brachte in kurzer Zeit einen großen wirtschaftlichen Aufschwung. Wir glaubten bis 1927 immer noch an eine gute Zukunft in Russland und bedauerten diejenigen, die das Land schon verlassen hatten. Besonders die alten, erfahrenen Bauern wollten der neuen politischen Realität nicht in die Augen sehen.

Wir Jüngeren aber, die wir die Zeitschriften lasen und mit dem Programm der kommunistischen Partei bekannt waren, schauten nicht so hoffnungsvoll in die Zukunft. Wir wussten, dass unser Glaube und unser christliches Leben in großer Gefahr standen. So fingen wir schon in den Jahren 1926 und 1927 ernsthaft an, nach einem Weg zur Auswanderung zu suchen. Doch alle Türen waren für uns geschlossen.

In dieser Zeit fing ich auf Wunsch der Ortsgemeinde eine kleine Arbeit mit der Jugend an. Wir übten Deklamatorien ein, gaben Programme mit Liedern und Gedichten, und versuchten so in aller Schwachheit etwas für den Herrn zu tun. Als unser Ortsprediger 1926 nach Kanada auswanderte, wählte die Ortsgemeinde mich unter der Leitung dieses Bruders zum Evangelisten, oder besser gesagt zum Reiseprediger. Für diese wichtige Arbeit fühlte ich mich aber zu schwach und lehnte sie dann auch ab. Ich diente der Dorfsgemeinde nur so weit, wie ich glaubte, es tun zu können. Es fehlte mir die bedingungslose, völlige Hingabe. Leider!

Indessen sahen wir mehr und mehr den Gang der Dinge und wussten auch, wohin der Weg führte. Unser Wunsch und Gebet zu Gott wurde immer dringender. Er möge uns doch mit unseren Kindern einen Weg ins Ausland schaffen. Es ging so weit, dass ich eines Tages dem Herrn das Gelöbnis gab: Wenn Du mich mit meiner Familie aus diesem Lande herausführst, dann will ich Dir dienen, wo immer Du mich brauchen willst. Der Herr erhörte dieses Gebet und führte uns Anfang 1929 über die Grenze der Sowjetunion ins Ausland. Mit vielen anderen, denen diese Gnade auch beschieden war, kamen wir über Eidkuhnen nach Deutschland. Nach achtmonatigem Aufenthalt in Deutschland führte uns der Herr hierher in den Chaco.

Hier in der Chacowildnis, während der sehr schwierigen Anfangsjahre, bot sich mir dann sehr bald die Gelegenheit, mein dem Herrn in Russland gegebenes Gelöbnis einzulösen. Der erste Ruf vom Herrn, ihm in der Gemeinde als Prediger zu dienen, kam noch in Deutschland. Ein zweiter Ruf folgte dann hier in Paraguay. Ich muss aber bekennen, dass ich nicht sofort folgte. Ich fühlte meine Schwäche. War ich überhaupt würdig, Gottes Wort in die Hand und in den Mund zu nehmen? Wir haben viel darüber gebetet. Eines Tages aber war es klar für mich: Es ist der Herr, der mich ruft. Als Er mich dann noch an mein Gelöbnis erinnerte, willigte ich ein. In aller Schwachheit und mit großem Zagen begann ich meine Arbeit. Doch ich kann sagen, der Herr hat sich von Anfang an dazu bekannt und meinen schwachen Dienst gesegnet. Ich tat diesen Dienst im Glauben an Ihn, den Herrn und Heiland der Welt, von dem ich wusste, dass er auch noch so einen kleinen Dienst, der im Glauben und Vertrauen auf Ihn getan wird, nicht ungesegnet lässt. Meine liebe Frau und später meine Kinder haben mich niemals gehindert, sondern

Gottesdienst unter den Bäumen des Chaco.

immer geschoben und mitgeholfen, wenn ich auch manchmal meinte, jetzt musst du aber zu Hause bleiben.

Unseres Heilandes Wort: „Wer da hat, dem wird gegeben, dass er noch mehr hat", hat sich auch für uns in manchen Hinsichten erfüllt. Die Verheißung unseres Trautextes: „Der Herr gibt Gnade und Ehre. Er wird kein Gutes mangeln lassen den Frommen", hat sich auch in unserem Leben erfüllt. „Herr Zebaoth, wohl dem Menschen, der sich auf dich verlässt.

Amen!"

II. DAS LEBEN IN FAMILIE UND GEMEINSCHAFT NIMMT GESTALT AN

Schon in Russland wurde Vater zum Prediger gewählt. Aber er lehnte ab, weil er sich zu schwach dazu fühlte. Als die Gefahr für ihn in Russland immer größer wurde, machte er Gott ein Gelöbnis: „Herr, wenn Du mich und meine Familie aus Russland in ein freies Land führen wirst, will ich Dir dienen, wo immer Du mich rufen wirst!" In Deutschland wies man wieder auf seine Gaben hin. Als sie schon beim Einsteigen ins Schiff waren, wurde ihm noch nachgerufen: „Jasch, wann se die tom predje roope, dann saj nich nee."

Erste Reihe von rechts: Elisabeth (Mutter) und Kornelius Hildebrandt. Zweite Reihe in der Mitte ihre Eltern, Gerhard Hildebrandts.

Mutter wurde 1901 in Ossokino als einzige Tochter von Gerhard Hildebrandts geboren. Die Hildebrandts besaßen einen Chutor. Sie waren also wohlhabend. Mit ihrem Bruder Kornelius wuchs sie in einer Familie auf, wo von allem, was sie zum Leben brauchten, genug war. Das bedeutete aber nicht, dass die Geschwister verwöhnt wurden. Sie mussten morgens genauso früh aufstehen wie die Eltern und die russischen Arbeiter. Wenn es um die Arbeit im Hause, im Stall oder auf dem Felde ging, gab es keine Ausnahmen. Sie mussten genauso hart und so lange arbeiten wie alle anderen. So lernte Mutter schon von Kindesbeinen an, wie man Arbeiter als seinesgleichen behandelt und wie man mit ihnen umgeht.

Auch ihr Bruder Kornelius wuchs so auf. Auf dem großen Hof mit der eigenen Schmiede und anderen Werkstätten lernte er schon von klein auf, wie man mit Werkzeugen umgeht, und was man mit ihnen alles machen kann. Das kam ihm in der Verbannung später sehr zustatten. Seine Kinder erzählen, wie ihr Vater immer eine Anstellung fand, wie er immer etwas zu verdienen wusste, und wie er immer etwas zu essen fand, um seine große Familie vor dem Hungertod und vor dem Erfrieren zu bewahren.

Mutters Kindheits- und Jugendjahre verliefen wie ein Traum. Sie war die einzige Tochter des Hauses, ohne dass sie deshalb verwöhnt oder vorgezogen wurde. Sie war überall dabei: auf dem Hof mit den vielen Pferden, Kühen, Ziegen und Schweinen, im Stall mit den Hühnern, Enten und Gänsen, im Garten mit den vielen Obstbäumen und Beerensträuchern und auch auf dem Felde, wo sie von der Aussaat bis zur Ernte immer alle schwere Arbeit mit den anderen verrichtete.

Ossokino wurde von den Folgen des Ersten Weltkrieges und von der Russischen Revolution nicht verschont. Es wurde auch für die junge hübsche Elisabeth gelegentlich gefährlich. Zweimal konnte sie den wilden Banden nur unter großer Gefahr entkommen.

Als die Rote Armee dann ganz Russland unter ihre Herrschaft brachte, wurde dem Bandenwesen ein schnelles Ende bereitet und es entstand wieder Ruhe und Ordnung. Die Arbeit im Haus, auf dem Hof und auf den Feldern konnte wieder aufgenommen werden.

Für das gesellschaftliche und religiöse Leben waren die Ossokinoer weitgehend auf die Memriker Kolonie angewiesen. Hier machte in den zwanziger Jahren ein junger Mann von sich reden. Er organisierte einen Chor mit der Jugend. Weiter wurden Programme eingeübt und vorgetragen. Sein Name war Jakob Isaak. An Reife und Erfahrungen war er den meisten seiner Altersgenossen in der Kolonie weit überlegen. Wenn Elisabeth auch immer behauptete nicht singen zu können und wenn sie auch jegliche Rolle in den Programmen ablehnte, so gab es doch immer wieder Gelegenheiten, miteinander zu sprechen und einander kennen zu lernen. So dauerte es dann auch nicht lange und jedermann wusste: Jakob Isaak und Elisabeth Hildebrandt werden ein Paar. Das Aufgebot in der Kirche und die Hochzeit zwei Monate später waren für niemanden mehr eine Überraschung.

Mutter hatte schon immer ein besonderes Herz für alles, was jung und schutzlos war. Eines Tages überlebte eine Ziege die Geburt ihres Zickleins nicht. Elisabeth übernahm selbstverständlich die Pflege des armen Tieres, indem sie es mit der Flasche aufzog. Für das Zicklein wurde sie die Mutter. Es folgte ihr auf Schritt und Tritt und weinte verzweifelt, wenn Mutter einmal nicht da war. So wie alle jungen Ziegen war es neugierig, kletterte überall hinauf und war dazu noch äußerst naschhaft. – Ob sie eifersüchtig auf Vater war oder sich dafür rächen wollte, dass er ihr die Mutter streitig machte, werden wir niemals wissen. Als jedenfalls die Gäste zum Hochzeitsmahl in den großen Speisesaal kommen, steht diese junge Ziege mitten auf dem Tisch und tut sich an der Hochzeitstorte gütlich.

Mutter blieb immer im Hintergrund. Das war einfach immer so gewesen. Frauen standen immer hinter ihren Männern zurück, wenn es um öffentliches Auftreten ging. So war es in Russland und so blieb es in den ersten Jahrzehnten auch in Paraguay. Es gab aber noch weitere Gründe für Mutters Zurückhaltung im öffentlichen Leben. Mutter erklärte das so: Die Hildebrandts haben immer sehr dicht am Wasser gesiedelt. Sobald der Sturm kommt oder die Emotionen aufwallen, läuft das Wasser eben über. Sie hat manchmal gesagt, sie hätte schon vieles auf Gemeindestunden und bei anderen Gelegenheiten zu sagen gehabt. Aber sie wusste, dass die Stimme brechen und die Tränen fließen würden, sobald sie es versuchte. So ließ sie es lieber ganz bleiben.

Vater und Mutter hatten beide ihre Rollen in der Familie, auf dem Hofe und im öffentlichen Leben. Darüber gab es niemals Spannungen zwischen ihnen. Vaters Bereich wurde die Arbeit in der Gemeinde, in der Gesellschaft, in den lokalen und internationalen Konferenzen und in der Missionsarbeit unter den Indianern. Mutters Bereich war von Anfang an die Familie, der Haushalt, der Hof und auch die Planung und Übersicht

Der Isaakshof mit Wagen und Wassertonne.

der Arbeit auf den Feldern, wenn Vater wieder einmal unterwegs war.

Wenn Vater dann von einer langen Reise nach Hause kam, bekam seine geliebte Lisa einen Kuss. Dann strahlte sie wie eine junge Braut. Sonst haben wir als Kinder selten Zärtlichkeiten zwischen den Eltern gesehen. Wir haben sie aber auch niemals streiten gehört oder gemerkt, dass Spannungen zwischen ihnen bestanden.

Die Erfahrung Im Umgang mit Feldarbeitern vom *Chutor* in Ossokino kam Mutter sehr zustatten, als Indianer im Chaco beim Roden des Landes, beim Jäten des Unkrautes oder bei der Ernte der Baumwolle angestellt wurden. Da Vater meistens unterwegs war, war es selbstverständlich, dass Mutter sich um die Arbeiter kümmerte. Da diese meistens für Wochen auf den Hof kamen, wies Mutter ihnen ihre Schlafstellen an und kochte auch für sie. Wenn sie zu Beginn der Erntezeit auf den Hof kamen, waren sie meistens mager und verhungert, so dass man alle Rippen zählen konnte. Auch bei ihnen war Schmalhans nur zu oft der Küchenmeister. Mutter fütterte sie nun so gut, dass ihre Haut in kurzer Zeit wieder straff und glänzend wurde. Meistens bestand die Hauptmahlzeit aus einem großen Rindsknochen mit möglichst viel Fleisch und Fett daran. Wenn dieser erst einige Stunden im großen gusseisernen Kochtopf gekocht hatte, wurden Süsskartoffeln, Bohnen und anderes Gemüse hinzugetan und weiter gekocht, bis es einen schmackhaften und sehr nahrhaften Brei ergab. Wenn die Arbeiter dann zum Mittagessen gerufen wurden, strahlten ihre Gesichter, und sie hörten nicht früher mit dem Essen auf, bis der große Topf leer war. Einige holten sich vom Rande des Busches noch zusätzlich eine Handvoll von den wilden, aber äußerst scharfen Pfefferschoten dazu. Dann schmeckte es ihnen noch besser.

Die geerntete Baumwolle wurde in einem Speicher etwas abseits des Hofes aufbewahrt. Hier blieb sie, bis sie bei der Entkernungsanlage abgeliefert werden konnte. In einer bitterkalten Winternacht riecht Mutter plötzlich Rauch. Als sie aufsteht, um nach dem Rechten zu sehen, sieht sie, dass der Baumwollspeicher lichterloh in Flammen steht. Schnell wird die Familie geweckt. Einer der Jungen muss schnell zur Dorfsglocke laufen und den verabredeten Feueralarm schlagen. In Minuten sind alle Erwachsenen des Dorfes, Männer und Frauen, bei der Brandstelle. Wasser wird vom nahen Brunnen geholt. Aber brennende Baumwolle kann man kaum mit Wasser löschen. Die brennende obere Schicht muss einfach entfernt und außerhalb des Schuppens auf einen Haufen geworfen werden, bis sie ausgebrannt hat. Nach stundenlanger Mühe kann das Feuer schließlich gelöscht werden. Als die Familie endlich wieder in den Betten ist, hören die Kinder Mutter wieder weinen. So stark und mutig sie auch war, es gab aber doch Situationen, wo sie einfach nicht wusste, wie es weitergehen sollte. Von dem Verkauf der Baumwolle wurden all die lebenswichtigen Dinge gekauft, die sie auch mit dem besten Willen nicht selber auf der Wirtschaft produzieren konnten. Wie würde die große Familie bis zur nächsten Ernte durchkommen. Am nächsten Morgen stellte man dann fest, dass doch noch ein guter Teil der Ernte gerettet worden war. Wenn sie noch sparsamer mit ihren Vorräten umgehen würde, noch länger die abgetragenen Hosen und Röcke flicken würde, noch mehr Gemüse anpflanzen und wenn sie noch ein weiteres Schwein großziehen würden, dann würden sie doch noch wieder durchkommen. Es würde dann eben noch weniger weißes Mehl, dafür aber umso mehr Kafirmehl ins Brot kommen. Zwieback und Weißbrot würde es dann nur noch für ganz besonderen Gelegenheiten geben. Die Kinder würden dann eben die Kafirgrütze nur mit Milch und ganz ohne Zucker essen müssen. Und so wurde es dann auch gemacht.

Ein Sprichwort sagt, dass was der Mann mit dem Wagen in die Scheunen bringt, die Frau in ihrer Schürze wieder hinaustragen kann. Mutter trug auch immer eine Schürze. Aber ihre Schürze diente nicht dazu hinauszutragen, sondern hineinzubringen. Da war das Gemüse, das Obst, die Süßkartoffeln und Mandioka, die Eier und selbst die kleinen Küken, die in dieser Schürze ihren Weg in die Küche fanden. Küken mussten auf dem Hof gezogen werden. Wenn wieder einmal eine Henne anfing zu glucken, war es ein sicheres Zeichen, dass sie irgendwo versteckt in den Büschen ums Haus ein Nest hatte, worin sie während der letzten Wochen ihre Eier gelegt hatte. Wenn sie zum Wassertrog kam, wurde sie heimlich beobachtet, bis sie wieder zurück zu ihrem Nest ging und uns damit verriet, wo es war. Sie wurde gegriffen und die Eier wurden in

Der Isaakshof in Blumenort in den fünfziger Jahren. Im Vordergrund eine typische langhörnige Kreolenkuh.

ein neues Nest im Hühnerstall gebracht, wo sie sicher vor Wildkatzen, Füchsen und Schlangen waren. Dort konnte sie jetzt in Ruhe ihre Eier ausbrüten. Wenn die Küken dann schlüpften, brachte Mutter sie in der Schürze in die Küche, bis alle Eier ausgebrütet waren. Dann wurden die Küken der Obhut der Glucke anvertraut, die sich immer wie eine mustergültige Mutter um diese kümmerte.

Für uns Kinder war es immer etwas ganz Besonderes, wenn wir mit den kleinen Küken spielen durften. Die jüngste Tochter, Irene, erinnert sich, wie sie immer wieder zum Hühnerstall ging um festzustellen, ob die Küken schon am Schlüpfen seien. Als es dann eines Tages so weit war, lief sie schnell zu Mutter, um dieser die Neuigkeit zu erzählen. Diese meinte zuerst, das könne nicht so sein, denn die Brutzeit sei noch nicht vorüber. Als sie dann aber auf dem Kalender nachschaute, war die Zeit tatsächlich schon abgelaufen. Mit ihrer kleinen Tochter an der Hand ging's zum Hühnerstall. Und wirklich, aus den Eiern, bis auf eines, das wohl faul war, waren die Küken geschlüpft. Mit zwanzig kleinen Küken in der Schürze, der Mutterhenne unterm Arm und der Tochter an der Hand zogen sie alle zusammen in die warme Küche. Hier durfte das kleine Mädchen unter großem Protest seitens der Mutterhenne nun endlich die kleinen samtweichen Küken in der Hand halten.

Mutter war auch für die Arbeiter wie eine Mutter. Auch ohne Worte verstand sie sich ausgezeichnet mit diesen Naturmenschen. Für die Männer ist es eine besondere Ehre, wenn ihre Frauen gut ernährt und mitunter etwas mehr als vollschlank sind. Dann kann jedermann sehen, dass sie gut versorgt sind. Mutter war eine große, vollschlanke Frau und die Arbeiter bewunderten sie auf ihre Weise. Einer von ihnen machte ihr eines Tages ein Kompliment mit den Worten, dass seine Frau auch so schöne Beine habe wie sie. „Es mina señora uck dickje schinkjes." Damit wollte er sagen, dass seine Frau auch so schön sei wie Mutter. Mutter verstand ohne weiteres was er meinte, und quittierte das Kompliment mit einem freundlichen Lächeln. Ein anderer Mann aus der Gesellschaft erzählte, dass er unsere Mutter schon von Kindesbeinen an bewundert habe. Sie sei für ihn immer die schönste Frau und Mutter in der Kolonie gewesen.

Als die Eltern schon beide im Pflegeheim waren, traf es sich, dass die Kinder zu Besuch kamen. Da Mutter gerade eingenickt war, wurde die Unterhaltung ganz leise geführt. Liebevoll nach Mutter schauend bemerkte Vater: Habe ich nicht eine schöne Frau? Die anwesenden Kinder konnten das nur bestätigen.Sie wussten schon längst, dass sie die schönste und beste Mutter hatten.

Solange die Feldarbeiter mit ihren Familien auf dem Hofe lebten, kümmerte Mutter sich um alle ihre Bedürfnisse. Sollte wieder einmal ein

Kind geboren werden, so gab es eine einfache Babyausstattung für die Mutter. War jemand krank oder hatte offene Wunden oder Geschwüre, so gab es immer ein Heilmittel in Mutters Hausapotheke. In ernsteren Fällen wurde der oder die Kranke nach Filadelfia ins Krankenhaus gebracht.

Als wieder einmal Erdnüsse gedroschen wurden, war auch eine junge, hochschwangere Frau dabei. Plötzlich verschwand sie, um nach einer halben Stunde mit einem gesunden Baby zurückzukommen. Als sie sich dann wieder in die Reihe stellte, um weiterzuarbeiten und Mutter von dem neuen Baby hörte, nahm sie die junge Mutter am Arm und versorgte und pflegte sie und ihr Baby, wie diese es wohl noch nie erlebt hatte.

Vater war das Haupt der Familie. Aber sobald er wieder auf Reisen ging, übernahm Mutter diese Rolle. Zusätzlich zu ihrem großen Haushalt, der schließlich aus den Eltern und elf Kindern bestand, überwachte sie die Arbeit auf den Feldern. Zusammen mit ihren Jungen plante sie, was jeden Tag auf den Feldern getan werden musste. Das konnte je nach der Jahreszeit pflügen und pflanzen, jäten und Ungeziefer bekämpfen und dann das Einbringen der Ernte sein. Mit ihren drei Mädchen besorgte sie den großen Haushalt. Wenn das Unkraut aber Überhand zu nehmen drohte oder die Baumvolle unbedingt noch vor dem nächsten Regen eingebracht werden sollte, halfen alle auf dem Felde mit.

Ein Tag in der Woche war immer Waschtag. Dann wurde die alte, handbetriebene Waschmaschine hervorgeholt und los ging es. Die reine, aber noch nasse Wäsche kam auf die lange Wäscheleine, denn für die Kleider von dreizehn Personen braucht man viel Raum. Da diese sich in voller Sicht zur Straße befand, machten die Nachbarn beim Vorbeifahren sich das Vergnügen, um all die Hosen, Hemden, Röcke und Kleider zu zählen. Sie waren immer beeindruckt. Dabei war Mutter schon froh, wenn sie für jedes ihrer Kinder zwei Paar Arbeitskleider und je ein Paar Sonntagskleider hatte. Wie viele Flicken auf den Hosen saßen, spielte keine Rolle, solange diese nur sauber waren.

Für einen ihrer Jungen, Helmut, war es dann gelegentlich etwas peinlich, wenn er sich wieder einmal ein großes Loch auf dem Hinterhof seiner Sonntagshose gerissen hatte, und dann zur Hochzeit seines älteren Bruders mit geflickten Hosen aufkreuzen musste.

Mit zu Mutters Verantwortung gehörte auch das Melken der Kühe. Als jede Familie ihre Ausrüstungskuh bekam, handelte es sich dabei um wilde Rinder. Diese brachten zwar jedes oder jedes zweite Jahr ein Kalb zur Welt, aber das machte sie noch nicht zu Milchkühen. Über Hunderte Jahre hatte sich diese Kreolenkuh zu einer sehr zähen Rinderrasse entwickelt, die sich in trockenen wie in nassen Jahreszeiten durchsetzte. Über

Wochen und Monaten konnte sie mit sehr wenig Futter und ungenügend Wasser überleben. Wenn dann die Regenzeit wieder einsetzte und es Überfluss an Weide und Wasser gab, konnte sie in kurzer Zeit wieder fett werden. Sie überstand ganze Schwärme von Mücken und Bremsen. Zecken und andere Seuchen konnten sie nicht zur Strecke bringen. Aber Milch produzierte sie nur gerade genug, um ihr Kalb groß zu ziehen. So eine Kuh war meistens störrisch, schlug mit dem Schwanz und allen vier Beinen um sich und wusste ihre langen Hörner äußerst effektiv zu brauchen. Das war die vom MCC gestiftete Milchkuh der Siedler, und diese sind dem MCC immer noch dankbar, dass sie mindestens diese Kreolenkuh bekamen.

Diese praktisch wilde Kuh sollte Mutter jetzt melken, denn melken war allgemein Frauensache. Das ging jeden Morgen etwa so zu. Zuerst musste Vater der Kuh den Strick um die Hörner werfen. Dann wurde sie an einem Pfosten angebunden, und das möglichst kurz. Weiter musste eine Schlinge um die Hinterfüße gelegt werden, um diese möglichst fest an einen Pfosten hinter der Kuh zu binden. Auch der Schwanz musste festgebunden werden, denn selbst damit konnte diese sehr wehrhafte 'Wunderkuh' ganz schöne Hiebe austeilen. Wer noch niemals mit dem Schwanz einer Kuh eins um die Ohren bekommen hat, besonders wenn dieser voller Dreck und Kot ist, weiß noch nicht, wovon hier die Rede ist. Jetzt, wo sie weder Hörner, Hinterfüße noch den Schwanz brauchen konnte, hätte das Melken eigentlich losgehen sollen. Weit gefehlt. Diese Kuh hatte durch viele Generationen nur Mich für ihr Kalb gegeben. Daran hatte sich nichts geändert, wenn sie jetzt auch offiziell vom MCC zur Milchkuh promoviert worden war. Sie gab ihre Milch immer noch nur für ihr Kalb. Also musste Mutter ihr gut zusprechen, um sie zu beruhigen. Dann brachte Vater das Kalb, damit sie es beriechen und belecken konnte. Was dann weiter geschah, war ein Trick, der sich meistens bewährte. Das hungrige Kalb wurde ans Euter gelassen, der Mutterinstinkt der Kuh erwachte und die Milch kam. Wenn das Kalb erst richtig am Trinken war, zog Vater es weg und Mutter begann mit dem Melken. Wenn es ein guter Morgen war, bekam Mutter ein oder vielleicht zwei Liter Milch. So wenig es auch war, so war es doch eine große Bereicherung für den Speisezettel der Familie. Denn was Mutter alles mit Milch machen konnte, war unglaublich.

Später kam dann eine zweite und dritte Kuh dazu, um über die Jahre zu einer kleinen Herde von vierzig bis fünfzig Rindern anzuwachsen. Jetzt gab es je nach der Jahreszeit sieben bis zehn Kühe zu melken. Inzwischen hatte Vater durch gezielte Auswahl auch Kühe darunter, die schon bis fünf oder sechs Liter pro Tag gaben. Das war für Mutter ein großer Reichtum, denn jetzt hatte sie nicht nur genügend Milch für ihre Kinder, sondern auch Sahne, Butter, Quark und sogar Käse, wenn es dafür reichte. Zudem konnte die überschüssige Milch jetzt verkauft werden, was einen erheblichen Beitrag für Mutters Haushaltsgeld bedeutete. Als die Mädchen Elisabeth, Elfriede und Irene heranwuchsen, mussten sie ebenfalls beim Melken helfen. Melken blieb aber Mutters Verantwortung, bis der Hof verkauft wurde und sie etwa sechzig Jahre alt war. Wenn sie es auch nicht mehr alleine zu machen brauchte, so war sie doch immer dabei, bei gutem und bei schlechtem Wetter. Besonders wenn es regnete - es wurde immer unter freiem Himmel gemolken - war das Melken im Dreck und Kot kein Vergnügen.

Wenn ich heute als einer ihrer Söhne daran zurückdenke, dann muss ich mich aufrichtig schämen. Warum übernahmen wir Jungen, die wir gesund und stark waren, nicht das Melken? Warum halfen wir Mutter nicht mit in dem großen Haushalt?

Mutter hat niemals über die viele Arbeit geklagt. „Etj kaun", war alles, was sie sagte. So blieb es, bis sie neunzig Jahre alt war. Auch über die Hitze oder Kälte, die katastrophalen Dürreperioden oder den Überfluss an Regen, wenn die Ernte auf den Feldern verkam, haben die Eltern niemals geklagt. Vielmehr meinten sie, für jeden sei es so heiß, kalt, trocken oder nass, wie er es sich selber einbilde. Der Chaco war schon immer der Chaco, er ist es immer noch und wird es wohl auch immer bleiben. So hat Gott ihn geschaffen, und daran wird auch alles Beten um Regen wohl kaum etwas ändern. Wer damit nicht leben kann, sollte den Chaco so schnell wie möglich verlassen.

Mutter und Vater waren sehr gesunde und kräftige Menschen. Sie waren praktisch niemals krank. Während Mutter ein Gebiss brauchte, waren Vaters Zähne noch mit sechzig Jahren alle in tadellosem Zustand. Als Vater nach dem schweren Autounfall nicht mehr so gesund und stark war, konnte Mutter das nicht immer verstehen: „Emma kunna, en nu kauna nich mea."

Mutters Tag begann mit dem ersten Licht des neuen Tages. Zuerst wurde das hüftlange, schwere, dunkle Haar gekämmt und entsprechend zu einem Knoten aufgebunden. Dann musste das Feuer im Herd angemacht werden, um heißes Wasser für den Morgenkaffee bereit zu haben. Morgenkaffee klingt großartig, aber den gab es in den Ansiedlungsjahren nicht. Er war einfach zu teuer. Was wir alle tranken, war von geröstetem und gemahlenem Kafir gemachter *Prips*, vollständig koffeinfrei. Dagegen enthielt *Prips* sogar einige der wertvollen Nährstoffe des Kafirs.

Den ersten Herd vor dem Zelt auf dem *Chutor* baute Vater selber. Er hob einfach eine Grube aus, legte die aus Deutschland als Ausrüstung mitgebrachte gusseiserne Herdplatte darüber, und fertig war das Ganze. Auf einem Ende wurde das Feuer angemacht und auf dem anderen Ende kam, oder vielmehr sollte der Rauch herauskommen. Das war gut gedacht, war aber nur selten so, denn der Rauch richtet sich immer nach der Richtung des Windes. Da der Wind immer wieder seine Richtung ändert, war das Kochen für Mutter häufig alles andere als ein Vergnügen. Später wurde der Herd und auch der Backofen von Lehmziegeln gebaut. Jetzt kam auch ein Schornstein darauf, und die Plage mit dem beißenden Rauch in den Augen war vorüber.

Als zweites ging es ans Melken. Wenn Mutter und Vater mit dem Melken fertig waren, wurden die Jungen geweckt und es wurde Frühstück gemacht. Wenn die ganze Familie erst um den Tisch saß, hielt Vater Morgenandacht. Diese bestand aus dem Verlesen des Kalenderblattes mit a l l e n angeführten Bibelstellen und einem ausführlichen Gebet. Nachdem Vater endlich Amen! gesagt hatte, durften wir essen. Als Vater später Schwierigkeiten mit dem Sprechen hatte, übernahm Mutter wie selbstverständlich die Morgenandacht. Mit klarer Stimme las sie das Kalenderblatt mit den Bibelstellen und betete dann klar und von Herzen. Im Kreise der Familie hatte sie keinerlei Hemmungen.

Nach dem Frühstück wurde die Tagesarbeit verteilt. Im Sommer war dies an erster Stelle die jeweils anfallende Arbeit auf den Feldern. Im Winter mussten die schulpflichtigen Kinder zuerst in die Dorfschule und dann später in die Zentralschule gehen. Dank Mutters unermüdlichem Einsatz im Hause und auf den Feldern konnten alle Kinder, solange sie wollten, die Zentralschule besuchen, mit Ausnahme der jüngsten Schwester, Irene. Als sie dran war, brauchte Mutter sie dringend im Haushalt. Auf Vaters Bitte blieb sie dann zu Hause, auch wenn sie doch so gerne weiter gelernt hätte.

Wenn der Tag zu Ende ging, musste alles Vieh besorgt werden. Dann mussten Gesicht, Hände und Füße gewaschen werden. Da wir praktisch immer barfuß durch dick und dünn liefen, waren besonders die Füße nicht immer sauber zu bekommen. Mutter ließ sich dann gelegentlich das Handtuch zeigen, das immer zeigte, wie gründlich oder oberflächlich die Hände oder die Füße gereinigt worden waren. Der Schuldige wurde schnell gefunden und musste die Füße noch einmal waschen. Diesmal aber unter Mutters strenger Aufsicht. Dann gab es Abendbrot. Das Abräumen und Spülen des Geschirrs war wieder Frauensache.

Die frühen Abendstunden gehörten mit zu den schönsten des Tages. Alle Arbeit war getan. Die Familie saß im Kreise und erzählte von der Arbeit des Tages oder von anderen wichtigen Ereignissen im Dorf oder in der Kolonie. Selbst Mutter war endlich mit ihrer Arbeit fertig und saß in ihrem Lehnstuhl um zu ruhen und zu entspannen. Dazu kam es aber nur, wenn sie ihre jüngsten Kinder auf dem Schoße hielt, denn diese brauchten ihre Mutterliebe noch ganz besonders. Wenn eines der älteren Kinder gelegentlich ebenfalls Anspruch auf Mutters Schoß erhob, wurde es von den älteren Geschwistern erbarmungslos gehänselt. Du bist doch schon ein großer Junge und willst noch auf Mutters Schoß sitzen. Mutters Schoß war ein Privilegium, das immer nur für die ersten Kindheitsjahre währte. Nur zu schnell waren jüngere Geschwister da, die dieses Vorrecht für sich beanspruchten.

Vater war sehr musikalisch. Er hatte eine schöne Stimme und sang sehr gerne. Wie wichtig für ihn der Gesang war, legte er in einem Vortrage aus: Singen ist, wie alle andern Gaben, eine Gabe Gottes, die gepflegt werden muss. Wenn Paulus die Gabe der Musik und des Gesanges auch nicht direkt unter den vielen Geistesgaben erwähnt, so zählt sie doch ohne Zweifel mit dazu. Denn: „Wie ein Adler schwingt sich auf das Lied, dass es froh die Herzen auf zum Himmel zieht, erweckt in unserer Brust, heil'ge Lust." Wo Worte nicht mehr wirken oder gehört werden, kann ein frommes Lied einen Menschen zu Gott führen. Manche behaupten, dass Luthers kraftvolle Lieder mehr zur Reformation beigetragen hätten als seine Bücher und Predigten. Nicht jeder besitzt alle Gaben des Heiligen Geistes. Aber alle Gaben sind gegeben zum Dienste am Nächsten. So ist es auch mit der Musik und dem Singen. Es war Vaters Traum, dass seine Jungen alle auch einmal Chorleiter und Prediger werden sollten. Nur der Älteste, Gerhard, wurde tatsächlich Chorleiter. Aber vier seiner Söhne: Jakob, Kornelius, Peter und Helmut wurden Prediger, einer davon, Kornelius, wurde Missionar, und zwei wurden Gemeindeleiter: Jakob und Helmut.

Wenn Vater zu Hause war, holte er abends oft seine Gitarre und spielte schöne Melodien und Lieder darauf. Dann sangen wir häufig mit. Diese Abendstunden gehören zu unseren schönsten Kindheitserinnerungen.

Mutter konnte sehr schnell eine gegebene Situation übersehen und entsprechend schnell eingreifen. In einer großen Familie mit elf Kindern geht es auch in der Familie eines Predigers und Ältesten nicht immer friedlich zu. Es gab Streit. Es wurde geknufft und auch mal mit der Faust dreingehalten. Und wenn man mit den älteren Geschwistern nicht anders fertig wurde, wurde auch einmal kräftig gebissen. Bevor der oder die Schuldige wusste, was geschah, hatte Mutter die Sache durchschaut, und der Störenfried bekam eins mit dem Pantoffel auf den Hinteren gebrannt, dass er oder sie für den Rest des Tages sehr friedlich und lieb war.

An Mutters neunzigsten Geburtstag fragte eines der Kinder: „Mutter, warum bekam ich häufiger mit dem Pantoffel als meine Geschwister?" Mutters Antwort kam wie aus der Pistole geschossen: „Wenn du mehr mit dem Pantoffel bekommen hast als die andern, dann hast du es eben auch verdient." Damit war auch diese Sache für immer beigelegt.

Mutter hatte Angst vor schwerem Gewitter. Eines Tages waren nur sie und eines ihrer Kinder allein zu Hause. Plötzlich brach ein heftiger Gewitterschauer über das Dorf herein. Mutter ging in die Küche, setzte sich auf einen Stuhl und betete. Dort fand sie der etwa neunjährige Junge, Helmut, der ebenfalls Angst vor Gewittern hatte. Mutter rief ihn zu sich, nahm ihn auf den Schoß, schloss ihn in ihre Arme und wisperte in sein Ohr: „Weißt du, ich habe auch Angst. Aber Gott wird uns beschützen." Diese Minuten in den sicheren Armen seiner Mutter hat dieser Junge niemals vergessen. Vater dagegen liebte Gewitter, so wie er alles in der Natur liebte und bewunderte. Wenn so ein richtiger Gewittersturm heran rollte, stand er meistens unter dem Schattendach und bewunderte das unglaubliche Feuerwerk. Als er merkte, dass einer seiner Jungen, Helmut, Angst vor den Blitzen und dem Donnern hatte, rief er ihn zu sich. Als dieser sich drücken wollte, nahm er ihn auf den Arm und zeigte und erklärte ihm dieses unglaubliche Schauspiel der Natur. Dieser Junge hatte seither auch keine Angst mehr vor Gewittern.

Zu den drei Buben, Gerhard, Jakob und Kornelius, von Russland kamen im Laufe der nächsten Jahre noch zwei weitere Jungen, Heinrich und Peter, dazu. Alles stramme gesunde Burschen. Dann erst wurde die zweite Elisabeth geboren, die Mutter schon von Kindheit an eifrig zur Hand gehen musste. Danach kamen wieder zwei Jungen, Hans und Helmut, dann zwei Mädchen, Elfriede und Irene und schließlich noch ein Junge, Hartmut. Im Ganzen hat Mutter zwölf gesunde Kinder zur Welt

Die Isaaksfamilie wächst.

gebracht. Davon starb nur die erste Elisabeth im Lager in Deutschland. Mutter hatte immer genügend Milch für ihre Kleinen. Ein Babyfläschchen haben wir niemals im Hause gesehen.

Von links: Jakob, Mutter mit Baby Peter, Kornelius, Vater mit Heinrich und Gerhard vor dem Haus in Auhagen.

Der Speisezettel der Isaaks war in den ersten Jahren, wie bei allen anderen Siedlern auch, denkbar einfach. Haferflocken, wenn man sie hatte, oder Kafirgrütze zum Frühstück. Mittags Bohnen oder Reis. Später dann Süßkartoffeln oder Mandioka vom Felde. Wenn genügend Mehl im Kasten war, machte Mutter auch häufig Tjieltje, selbstgemachte Nudeln. Sehr beliebt waren auch die mit Quark gefüllten Teigtaschen, Werenike, mit Sahnesoße. Später, als man schon Schweine halten konnte, gab es dann Räucherwurst oder Schinkenfleisch dazu. Wenn die Hühner genügend Eier gelegt hatten, machte sie auch Rührei. Besonders beliebt waren im Sommer Rollkuchen mit Wassermelonen. Zum Abendbrot gab es dann die übrig gebliebenen Reste des Tages mit gesundem Kafirbrot und Sirup. Später, als wir anfingen Bienen zu züchten, aßen wir häufig Schwarzbrot mit Honig und tranken Milch dazu.

Im Herbst legte Mutter immer einen möglichst großen Gemüsegarten an. Schon im Spätsommer wurde gesät, um später dann genügend Setzlinge von allem zu haben. Hier wurden Kohl und Kohlrabi, Radieschen und Tomaten, Rüben und rote Beeten, Zwiebeln und Knoblauch angepflanzt. Wenn der Winter nicht zu trocken war und nicht der Frost einen Teil des Gemüses verbrannte, gab es meistens eine gute Ernte.

Zwiebeln und Knoblauch wurden getrocknet. Dann wurden sie zu langen Zöpfen geflochten und in der Speisekammer aufgehängt. Mutters Ziel war es, so viele Zwiebeln zu ernten, dass sie bis zum nächsten Winter reichen würden. Dann brauchte sie diese nicht zu kaufen, und konnte wieder etwas von dem sehr spärlichen Haushaltsgeld sparen. Bei der Arbeit im Gemüsegarten mussten alle Kinder mithelfen. Besonders das Pflanzen der Zwiebeln war nicht gerade beliebt, denn jeder einzelne Setzling musste im richtigen Abstand einzeln eingepflanzt werden. Später musste dann das Unkraut wieder gejätet werden.

Ostern blühte der Sauerampfer. Davon gab es bei den Isaaks immer eine lange Reihe. Wenn die roten Samenkapseln dann erst vollgewachsen waren, wurden sie geerntet. Das rote Fruchtfleisch konnte in der Sonne getrocknet und über Monate aufbewahrt werden. Man konnte es aber auch in leere Flaschen stampfen, diese mit einem Korken und Bienenwachs luftdicht versiegeln, um dann nach Bedarf Marmelade davon zu machen oder schönen Streuselkuchen zu backen. Diese Reihe von Sauerampfersträuchern wurde auch zum beliebten Jagdrevier der heranwachsenden Jungen. Mit der Gummischleuder bewaffnet, machten sie Jagd auf die Rebhühner, die hier immer zu finden waren, denn sie liebten den ausgestreuten Samen des Sauerampfers. Wenn einer von ihnen einen dieser sehr schmackhaften Vögel erlegt hatte und ihn zu Mutter brachte, strahlte ihr Gesicht vor Freude. Von einem Rebhuhn konnte sie eine sehr gesunde Suppe oder einen leckeren Braten machen.

Auch um den Obstgarten kümmerte Mutter sich. Da gab es Grapefrüchte, Apfelsinen, Zitronen, Mandarinen, Granatäpfel und Guayaba. Von den reifen Guayaba machte Mutter wieder leckere Marmelade, die ebenfalls auf längere Zeit aufbewahrt werden konnte.

Schon in Auhagen wurde ein größerer Obstgarten angelegt. In Blumenort wurde dann ganz groß ausgeholt. Als die Bäume dann voll ausgewachsen waren und richtig Früchte produzierten, kam die große Dürre von 1948. Über acht Monate lang fiel kein Tropfen Regen. Alles vertrocknete, was im Chaco nicht zu Hause war. Nur der stachelige Chacobusch, den wir schon mal gerne verbrannt haben würden, überlebte auch die größte Trockenheit. Auch von unserem großen Obstgarten blieb uns nur etwa ein Viertel der Bäume übrig. Wenn es genügend regnete hatten wir trotzdem immer noch Überfluss an Apfelsinen, Grapefrüchten, Mandarinen, Zitronen und Guayabas.

Im Herbst, wenn die Nächte schön kühl waren, wurden die Schweine für den Winter geschlachtet. Alles vom Schwein wurde verarbeitet. Selbst die Borsten dienten zum Stopfen der Sielen für die Pferde. Dann gab es Griebenschmalz, Schinkenfleisch, Räucher- und Leberwurst. Das Schmalz wurde zum Braten und zum Backen verwandt. Um genug davon zu haben, mussten die Schweine immer richtig fett gefüttert werden.

Im Herbst wurde auch Sirup gekocht. Erst wurde der Saft aus den Zuckerrohrstangen gepresst. Dann kam er in einen großen flachen Behälter, worin er dann stundenlang gekocht wurde, um das überflüssige Wasser zu verdunsten. Wenn der Sirup dann erst richtig dick geworden war, wurde er abgefüllt und für den Winter aufbewahrt. So sorgte Mutter dafür, dass ihre Speisekammer immer wohl gefüllt war, um die große Familie zu ernähren.

Gäste kamen und gingen. Wenn Vater in Filadelfia war und vornehme Leute wie Orie Miller, Harold S. Bender oder J. J. Thiessen in den Chaco gekommen waren, wollten sie sich meistens ausführlich mit Vater unterhalten. Dann brachte er sie eben einfach mit nach Hause. Ihnen wurde natürlich das Beste aus Küche und Kammer vorgesetzt. Das waren dann meistens sehr gesunde Bohnen, Süßkartoffeln und Mandioka und was es sonst noch gerade aus dem Garten zu holen gab.

Irene erzählt, wie sie es als kleines Mädchen erlebt hat: Waffeln mit schönem Pudding gehörten zu den beliebtesten Mahlzeiten der Isaaksfamilie. Nun hatte das kleine Mädchen Mama überredet, dass sie zum nächsten Mittag Waffeln mit Pudding machen würden. Mutter würde am Morgen dann genügend Milch zurückhalten und gleich den Pudding kochen, während es noch kühl war. Mit der eifrigen Hilfe des kleinen Mädchens wurde es dann auch gemacht. Um 11 wurde der dünne Teig mit möglichst vielen Eiern eingerührt. Das Waffeleisen wurde gereinigt und auf das heiße Feuer im Herd gesetzt, und los ging es mit dem Backen der leckeren Waffeln. Doch, oh Weh! Gerade als die erste Waffel fertig ist, rollt Vaters Buggy mit vier Gästen auf den Hof. Alle sind hungrig und können es nicht glauben, dass sie gerade für Waffeln mit Pudding gekommen sind. Dass Gäste immer zuerst an den Tisch geladen werden und dass Kinder warten müssen, ist unumstößliche Regel. So setzt Vater mit den Gästen sich zuerst an den Tisch. Diese scheinen einen Riesenhunger mitgebracht zu haben. Als sie endlich satt sind, ist von den Waffeln und dem Pudding nichts mehr übrig geblieben. Das kleine Mädchen schaut von Zeit zu Zeit durch die Fensterspalte und berichtet den ebenfalls hungrigen Geschwistern: „Se habe aules opjejete!" Mutter hat inzwischen schon Bohnen aufgesetzt und die Kinder werden sich damit zufrieden geben müssen. Aber es gibt doch Tränen. Da nimmt Mutter Irene, die ihr so fleißig zur Hand gegangen war, in die Arme und wispert ihr ins Ohr: „Morgen mache ich wieder Waffeln mit Pudding, aber diesmal ist es nur für uns zwei." Und so wurde es auch gemacht.

Für Irene war Mama nicht nur die beste Mutter, sie war auch ihre beste Freundin. Ihr konnte sie alle ihre Freuden und Leiden anvertrauen, denn Mutter würde alles für sich behalten. Überhaupt hatten die Eltern für ihre jüngeren Kinder mehr Zeit, und diese wussten das zu schätzen. Da Vater jetzt den VW hatte, konnte er den Abend in der Woche öfter mit der Familie verbringen. So konnten sie ein engeres Verhältnis mit den letzten drei Kindern entwickeln, was mit der großen Familie einfach nicht möglich gewesen war.

Da Vater sehr vielseitig war und ihn alles interessierte, was mit dem Leben zu tun hatte, wurde er bald auf die Bienenzucht aufmerksam. Ein Nachbar im Nachbardorfe machte erfolgreich Versuche mit Honigbienen. Also schafften die Isaaks sich auch einige Bienenstöcke an.

Als Hans, Nummer acht in der Reihenfolge der Isaakskinder, nach dem ersten Jahr in der Zentralschule erklärte, er habe genug von der Schule, durfte er zu Hause bleiben. Übrigens profitierte Helmut davon, denn nun durfte er ununterbrochen weiter in die Schule gehen. Er ist Hans immer noch dankbar dafür.

Zentralschule, Krankenschwesternschule, Bibelschule und Lehrerausbildung wurden alle von den Erträgen der Wirtschaft finanziert. Wer weiter studieren wollte, musste die Mittel dafür selber zu finden wissen. Wenn Studenten ins Bibelseminar nach Montevideo gingen, wurden sie von der Gemeinde der jeweiligen Situation entsprechend unterstützt. Aber nicht die Isaakskinder. Diese mussten alle für sich selber sorgen. Vater würde niemals seinen Einfluss in der Gemeinde für sie einsetzen. Für Helmut bekam Vater 100 Dollar von der First Mennonite Church in Saskatoon. Dazu gab er ihm noch einmal soviel aus eigener Tasche. Mit diesem Geld in der Tasche konnte Nummer neun sein Studium am Seminar in Montevideo anfangen und mit vielen Nebenverdiensten nach fünf Jahren auch erfolgreich abschließen.

Da die älteren Brüder in der Schule waren oder ein Handwerk erlernten, war Hans jetzt für die ganze Arbeit auf den Feldern verantwortlich. Da Vater ihn nicht für seine selbstlose Arbeit entschädigen konnte, durfte er die Bienenzucht übernehmen. Er durfte so viel Honig produzieren wie ihm möglich oder den Bienen gefällig war. Die einzige Bedingung war, dass er den ganzen Haushalt unentgeltlich mit genug Honig versorgte. Und das war nicht wenig, denn mit Honig wurde bei den Isaaks in diesen Jahren nicht gespart. Trotzdem konnte er in guten Jahren tonnenweise Honig verkaufen. Helmut, der ihm den ganzen Sommer über in allen Arbeiten zur Seite stand, bekam von dem Honiggeld nichts zu sehen. So lernte er schon früh in seinem Leben, dass Lernen und Studieren immer unglaublich interessant und spannend sind, dass sie aber wenig mit Geldverdienen zu tun haben, besonders wenn es sich um Geisteswissenschaften handelt.

Hans ist wohl derjenige, der die meisten Jahre ohne Entschädigung für Vater und damit auch für die ganze Familie gearbeitet hat. Seine älte-ren Brüder und auch eine der Schwestern durften schon mit sechzehn, siebzehn oder achtzehn Jahren von zu Hause gehen, um ein Handwerk oder einen Beruf zu erlernen. Hans blieb zu Hause und verwaltete die ganze Wirtschaft, bis er diese mit 25 Jahren endlich von Vater auf Abzah-lung kaufen konnte. Obwohl er so viele Jahre selbstlos und ohne Ent-schädigung für die Familie gearbeitet hatte, musste er doch den vollen Preis für den Hof zahlen. Einer der Brüder, Helmut, riet Vater damals, Hans die Wirtschaft doch zu schenken oder zu einem sehr niedrigen Preis zu verkaufen, da dieser sie mit seiner Arbeit eigentlich zu einem großen Teil schon bezahlt habe. Das war jedoch nicht möglich. Vater wurde für seine Arbeit immer noch nicht entsprechend entschädigt und musste weiter ein Einkommen haben. Dazu verschlang der VW Unsummen an Geld. Also musste Hans nicht nur den vollen Preis für die Wirtschaft bezahlen, zusätzlich hielt Vater noch 50 Rinder auf dem Hof, die Hans, jetzt schon mit seiner Frau Hilda und ihren zwei Mädchen zusammen, unentgeltlich versorgen musste. Auch Elfriede waere gerne zur Zentralschule gegangen. Aber als sie schon alle Sachen gepackt hatte, nahm Vater sie beiseite und bat, ob sie nicht doch lieber zu Hause bleiben moechte, um Mutter zu helfen. So blieb sie zu Hause und stellte ihren 'Mann' im Haushhalt und auf der Wirtschaft, bis sie heiratete. Auch Hartmut durfte die Zentralschule und das Lehrerseminar besuchen. Eigentlich wollte er in Asunción Chemie studieren. Daraus wurde jedoch nichts, denn Vater brauchte ein zusätzliches Einkommen. So arbeitete er für die nächsten Jahre als Uhrmacher. Die Einnahmen aus der Werkstatt gingen in Vaters Tasche, um damit den sehr kostspieligen VW weiter flott zu erhalten.

Beim Urbarmachen des Landes mit Ochsen und Pflug.

Wenn das Frühjahr wieder herankam, setzten Vater oder Mutter, mitunter auch beide, sich mit ihren Jungen zusammen, um die Aussaat zu planen. Dann durften diese selber vorschlagen, wo die Baumwolle, der Kafir, die Erdnüsse, die Bohnen und die Wassermelonen gepflanzt werden sollten. Vater oder Mutter machten gelegentlich andere Vorschläge und diese wurden dann gemeinsam besprochen, bis sich alle einig waren. So wurden die Jungen von jung an mit in die Entscheidungen über die Arbeit auf dem Felde einbezogen. Das machte die Arbeit auf dem Felde viel interessanter, denn jetzt waren sie ja mitverantwortlich für die Ernte.

In den ersten Jahren ging Mutter immer mit aufs Feld. Während Vater mit Hilfe des Nachbarn mühsam mit den Ochsen vor dem Pflug eine Furche nach der anderen zog, streute Mutter den Samen in die Erde. Es wurden Bohnen, Baumwolle, Kafir und Erdnüsse gepflanzt. Dann lernten die Isaaks wie alle anderen Auhagener auch, Süßkartoffeln und Mandioka zu pflanzen und später auch zu essen. Richtig schmecken aber taten diese den Eltern nicht. Immer wieder hörten wir Kinder, wie sie von den wunderbaren, so unglaublich wohlschmeckenden Kartoffeln schwärmten. Als wir diese dann später selber zum ersten Mal aßen, fanden wir sie geschmacklos. Wir zogen immer die Süßkartoffeln und Mandioka vor und tun es heute noch. Weiter kam der Same von Wassermelonen und Melonen in die Erde. Wenn die Saat dann aufging, musste das Unkraut bekämpft werden. Das war auch Mutters Arbeit. Mit dem jüngsten Kind auf dem Arm ging es mit der ganzen Familie aufs Feld. Dort wurde der

Ein Ochse vor dem Kultivator.

Kleinste auf einem Laken in den Schatten eines Baumes gelegt, und los ging es an die Arbeit. Beim Pflücken der Baumwolle mussten alle mitmachen. Als die Felder noch klein waren, konnte die Familie die Ernte alleine einbringen. Später, als die Felder größer wurden, mussten Arbeiter dabei helfen.

Als Kinder bekamen wir niemals Taschengeld, und Vater hat sich gelegentlich dafür entschuldigt. Die Väter unserer Freunde, die immer zu Hause waren und nicht ehrenamtlich Vollzeit Prediger und Gemeindeleiter waren, konnten das wohl. Diese konnten sich davon allerlei Herzenswünsche erfüllen, wie zum Beispiel in Filadelfia einmal in der Woche ein Speiseeis kaufen. Von solchem unglaublichen Luxus konnten die Isaakskinder nur träumen. Einmal im Jahr gab es aber auch für die Isaakskinder die Gelegenheit Geld zu verdienen, denn Baumwolle pflücken wurde auch bei den Isaaks pro Kilo bezahlt. Dann bekamen wir pro Kilo gepflückter Baumwolle genauso viel bezahlt wie unsere Arbeiter. Also wurde richtig geschuftet. Abends wurde die Baumwolle dann gewogen und die Anzahl der Kilos wurde aufgeschrieben. Nach der Ernte bekamen wir für unsere Arbeit bezahlt. Mit diesem Geld mussten wir dann bis zur nächsten Ernte auskommen.

In den Siedlungsjahren hatte Vater immer seine Mühe mit den störrischen Ochsen. Morgens, wenn es noch kühl war, konnten schöne gerade Furchen mit dem Pflug gezogen werden. Wenn es aber erst heiß wurde, gab es häufig kein Halten, denn schon immer war es im Leben der Ochsen so gewesen, dass sie die heiße Zeit des Tages im Schatten des nächsten Baumes verschliefen. Wenn es dann heiß wurde, zogen sie den Pflug einfach mit Vater zusammen quer übers Feld in den Schatten des nächsten Baumes und rührten sich bis zum späten Nachmittag nicht mehr von der Stelle. So hatten diese Viecher es schon immer gehalten, und so sollte es nach ihrem Ochsenwillen auch weiter bleiben. Wenn Vater dann zornig oder mutlos wurde, legte Mutter ihm begütigend die Hand auf die Schulter mit den Worten: Lass es gut sein für jetzt. Wir machen eben am späten Nachmittag, wenn es nicht mehr so heiß ist, wieder weiter.

Wenn die Familie vom Felde kam, musste das Feuer angeblasen werden. Dann wurden Bohnen zu Mittag gekocht und später mit gutem Appetit gegessen. Wenn die Jungen gelegentlich mäkelten, hieß es einfach: Ihr braucht nicht zu essen. Dies ist aber alles, was wir heute zu Mittag haben. Wenn die Wassermelonen erst reif waren, gab es sehr schmackhafte Nachkost. Aber diese kam erst auf den Tisch, nachdem die Bohnen gegessen waren. Bald hieß es dann auch, bei den Isaaks isst man alles, was auf den Tisch kommt. Da wird nicht gemäkelt.

Die späteren Frauen dieser Jungen wussten das zu schätzen: „Mien

Maun aat aules, waut etj oppem Desch bring!", hieß es dann.

Die Auhagener hatten sehr schnell Vaters besondere Gaben erkannt. Er war ruhig, blieb sachlich und war verschwiegen. Man konnte ihm auch sehr persönliche Sachen anvertrauen, denn man wusste, dass Vater diese niemals weiter erzählen würde. Außerdem konnte man sich unbedingt auf ihn verlassen. Und er war der beste Vermittler im Dorf, wenn es wieder einmal Streit gab. So dauerte es nicht lange und Jakob Isaak wurde gewählt, um die Lebensmittel, die vom MCC kamen, zu verteilen. Das war immer eine heikle Aufgabe. Da die Rationen auf die Anzahl der Personen in der Familie verteilt wurden, und Familien, die nur aus Erwachsenen bestanden, nicht mehr bekamen als Familien mit kleinen Kindern, meinten diese immer wieder, dass sie zu kurz kamen. Es war jetzt Vaters Aufgabe, die Rationen so zu verteilen, dass alle ihr rechtes Teil bekamen. Das gelang meistens auch ganz gut, nur eine Familie kam meistens zu kurz, und das war seine eigene. Wenn Mutter ihn dann mitunter zur Rede stellte, hieß es ganz einfach: Weißt du, die anderen brauchen es notwendiger als wir. Wir werden schon fertig werden. – Die älteren Geschwister erinnern sich, dass Mutter oder Vater dann häufig bei der Mahlzeit einfach sagten: „Ich hab heute keinen Hunger. Esst ihr nur alles auf." Was dann auch prompt geschah, denn die Jungen waren im Wachsen und hatten über Mangel an Appetit niemals zu klagen. Woran sich die Jungen aber auch erinnern, ist, dass sie Mutter dann nachts mitunter weinen hörten.

Auch die Koloniegemeinschaft wurde bald auf Vater aufmerksam. Als es auf einer der vielen Sitzungen einmal ziemlich hart herging, mahnte Vater zur Ruhe und Besonnenheit. Das machte Eindruck, und man fragte, wer dieser junge Mann eigentlich sei. So dauerte es dann auch nicht lange, bis Vater für eine Aufgabe vorgeschlagen wurde, die mit viel Arbeit verbunden war, aber freiwillig geleistet werden musste. Vater bedankte sich mit den Worten: „Ich werde nicht euer Lastesel sein." Das muss im ersten Augenblick wohl hochmütig geklungen haben. Aber Vater wusste, dass über kurz oder lang der Ruf von seinem Herrn und Heiland an ihn ergehen würde. Dann konnte er nicht mehr nein sagen. Für diesen Herrn würde er nicht nur Lastesel, sondern auch Diener und Sklave sein. Auch dieser Herr bezahlt die geleisteten Dienste eigentlich niemals mit klingender Münze oder hohen Titeln, sondern mit Segen und tiefer Freude am Dienste am Nächsten. Und wenn Er die Treue seines Dieners oder seiner Dienerin prüfen will, kommt auch noch das Kreuz dazu.

Auch auf den Sitzungen der Dorfgemeinschaft ging es nicht immer ohne harte Auseinandersetzungen ab. Auf einer dieser Sitzungen kam es zu einem harten Wortwechsel zwischen Vater und seinem Nachbarn Johann Boldt. Ohne dass der Streit beigelegt werden konnte, gingen alle nach Hause. Vater konnte in dieser Nacht nicht schlafen. Schon früh am Morgen machte er sich auf den Weg zum Nachbarn, um sich zu entschuldigen. Auf halbem Wege kommt Boldt ihm schon entgegen mit derselben Absicht. Der Streit konnte jetzt schnell beigelegt werden.

Von Russland her war Rauchen selbstverständlich für Männer. Vater rauchte in den ersten Jahre im Chaco auch. Eines Tages ging Vater der Tabak aus, und er machte sich auf den Weg zum Nachbarn, um etwas zu borgen. Aber während er noch auf dem Wege ist, wird ihm plötzlich klar, wie kindisch und eigensüchtig diese Gewohnheit eigentlich ist. Hier haben sie als Familie kaum genug zu essen, und er verpufft das letzte Geld für Tabak. Er drehte auf der Stelle um und hat niemals mehr geraucht.

Eine zweite Version dieser Geschichte lautet so. Für die Brüdergemeinde war Rauchen eine Sünde, und sie ließen es die *Kirchlichen* bei jeder Gelegenheit merken, dass Raucher samt ihrer Gemeinde in der Hölle landen würden. Als einige der Prediger der *kirchlichen* Gemeinde wieder einmal dabei sind, sich eine Zigarette zu drehen, fangen sie an darüber zu sprechen. Wenn Rauchen für die lieben Brüder solch einen Anstoß erregt, können wir es ja auch lassen. Also werden sie sich einig, es zu lassen, und so geschah es. Es war ja auch nicht so, dass niemand in der Brüdergemeinde rauchte. Aber es geschah heimlich. Sie rauchten heimlich hinterm Stall oder an einem anderen heimlichen Örtchen, wo niemand sie überraschen konnte. Da wir als Kinder schon darum wussten, nannten wir sie dann auch *hiestje schmietjasch*. Übrigens gab es auch unter den *Kirchlichen* heimliche Raucher.

Was viele wohl nicht wissen ist: Vater war ein sehr guter Schütze und Jäger. Selber hat er niemals in unserer Gegenwart mit seiner Treffsicherheit angegeben. Später, als die Speisekammer immer genügend Vorräte für die große Familie hatte, ist Vater niemals mehr auf die Jagd gegangen. Daher haben die jüngeren Isaakskinder Vater auch niemals mit dem Jagdgewehr gesehen. Als die Not aber groß war, zögerte er nicht, seine Familie und auch die Nachbarn immer wieder mal mit frischem Wildfleisch zu versorgen.

Sein Freund Peter Fast, der in Asuncion lebte, gab seine Jagdgewehre Vater zur Verwahrung, und dieser durfte sie dafür frei gebrauchen. So geschah es dann öfters, wenn die Speisekammer wieder einmal leer war, dass Vater auf die Jagd ging. Häufig kam er dann mit einem Reh, einem Wildschwein oder einem schmackhaften Enterich nach Hause. Besonders Wildschweine waren in der Familie, aber auch bei den Nachbarn sehr beliebt, denn auch sie bekamen immer wieder ihr Teil davon.

Die Versorgung mit gutem Rindfleisch war eine weitere Gelegenheit für Vater, um seine Treffsicherheit zu beweisen. Von Casado hatte das

MCC ganze Herden wildes Vieh für die Siedler gekauft, das mehr oder weniger wild auf den Kämpen in der Umgebung der Dörfer weidete. Kam wieder der wöchentliche Schlachttag, wurde das Vieh im Korral des Dorfes zusammengetrieben. Gute Reitpferde gab es noch nicht, und mit dem Lasso verstanden die jungen Burschen des Dorfes sich in den ersten Jahren so gut wie gar nicht. Man konnte auch nicht einfach mitten in die Herde dieser wilden Biester mit ihren riesigen Hörnern gehen, um dem gewählten Schlachtstier den Strick um den Hals zu legen. Das wäre zu gefährlich gewesen, besonders wenn es sich um einen der wilden Bullen handelte. Die Lösung dieses Problems war viel einfacher. Der Schulze des Dorfes kam einfach mit dem Dorfskarabiner in der Hand zu Vater mit den Worten: „So, Jasch, nu best du draun!" Und Vater enttäuschte die Erwartungen nie. Mit einem sicheren Schuss brachte er das angewiesene Tier immer zur Strecke. Das erforderte viel Geduld, ein gutes Auge und eine ruhige Hand, denn die wilden Biester standen niemals still.

Eines Tages kamen die Jungen aufgeregt nach Hause gelaufen. „Vater, da sind Wildschweine bei der Wasserstelle." Diese war mindestens zweihundert Meter vom Hofe entfernt. Vater holte seine Büchse, stellte sich an einen Pfosten und, als der Schuss fiel, blieb ein großer Eber auf der Strecke. Mutter war froh, denn in ihrer Speisekammer war Wildfleisch immer willkommen. Aber auch die Nachbarn sagten niemals nein zu einem saftigen Schinken vom Reh oder Wildschwein.

Eine andere Geschichte macht immer noch die Runde. Im Frühjahr, wenn die großen Regen kamen, füllten sich die natürlichen Wasserstellen in der Nähe des Dorfes mit frischem Wasser. Mit dem Wasser kamen auch die verschiedensten Wasservögel. Zu diesen gehörten auch verschiedene Arten Wildenten. Besonders die großen schwarzen Enteriche mit den weißen Flügeln hatten es Vater angetan. Sie lieferten bis zu drei Kilogramm sehr schmackhaftes Fleisch. Ein Entenbraten, von Mutter zubereitet, gehörte zu den beliebtesten Mahlzeiten in der Isaaks Familie.

Deshalb hielt Vater während der Arbeit auf dem Felde immer ein wachsames Auge am Horizont, ob nicht einer dieser Leckerbissen auf dem Wege zur nächsten Wasserstelle wieder vorbeifliegen würde. Von dort würde er ihn dann nach der Arbeit holen. Und wirklich, da kommt wieder so einer angeflogen. Nur die Richtung stimmt nicht. Anstatt zur nächsten Wasserstelle zu fliegen, fliegt er mitten ins Dorf und landet schließlich auf dem großen Flaschenbaum auf dem Hofe des übernächsten Nachbarn. Vater überlegt kurz. Dann ruft er den ältesten seiner Jungen und übergibt ihm die Leine des Gespanns, denn er ist gerade beim Pflügen. Da er gerade kein Jagdgewehr im Hause hat, geht er zu dem betreffenden Nachbarn und bittet um dessen Schrotflinte. Dieser leiht sie ihm bereitwillig, denn wenn Vater um sie bittet, gibt es meistens frisches Fleisch. Vater bedankt sich, geht auf den Hof, und mit einem sicheren Schuss holt er sich den großen Enterich herunter. Dann bedankt Vater sich wieder und will mit seiner Beute in der Hand nach Hause gehen. Dem Nachbarn stimmt die ganze Sache überhaupt nicht. Als er bemerkt, dass er das auch gekonnt hätte, antwortet Vater trocken: „Natürlich, aber du wusstest eben nicht, dass der Enterich bei dir auf dem Baume saß." Der Enterich lieferte nicht nur eine schmackhafte Mahlzeit für die ganze Familie, sondern auch wunderschöne weiche Daunen für die Kissen der Familie. Im Laufe der Zeit konnte Mutter alle Kissen der Familie damit füllen.

Auch die Jungen gingen gerne mit der Gummischleuder auf die Jagd nach wilden Tauben, Rebhühnern und hofften immer, auch einmal eine Ente von der Wasserstelle zu erlegen. Besonders wenn Vater nicht zu Hause und in der Speisekammer wieder einmal wenig zu holen war, kamen sie immer wieder zu Mutter mit der Bitte, doch auf die Jagd gehen zu dürfen. Wenn es dann *Wildenten bei der Wasserstelle.* schon gegen Mittag war und es mit dem Unkraut jäten oder Baumwolle pflücken sowieso nicht mehr viel gab, willigte Mutter meistens ein. Sie hatte aber immer eine Bedingung: „Was ihr erlegt, bringt ihr nach Hause." Denn die Schlaumeier hatten inzwischen gelernt, wie man sich auf einem Feuer im Busch einen leckeren Spießbraten machen konnte. Dann behielten sie ihre ganze Beute für sich. Als Vater davon erfuhr, gab es ernsthafte Unterredungen und eine Strafe, die sie nicht so schnell vergaßen.

Als die Jungen älter wurden, wollten sie nicht immer Mutters Rat befolgen. Wieder war Vater unterwegs, und die Baumwolle musste zum Verkauf nach Filadelfia gebracht werden. Die Fuhre laden, nach Filadelfia bringen und dort bei der Entkernungsanlage abliefern, war kein Problem. Es wurde für Mutter aber schwierig, als sie sah, welche Pferde sich der junge Mann vor den Wagen gespannt hatte. Es waren nicht die ruhigen und bewährten Zugtiere, die für solche Fälle immer gebraucht wurden. Der junge Mann hatte sich ein paar junge, unbändige und noch nicht richtig eingefahrene Pferde vorgespannt. Diese hatten den Hang zum Durchgehen, wenn sie plötzlich erschreckt wurden oder etwas Ungewöhnliches um sie herum vorging. Mutter bat ihren Sohn, doch lieber die ruhigen Zugtiere vorzuspannen. Dieser meinte jedoch: „Ich werde schon mit ihnen fertig." Schließlich gab Mutter nach. Als die Fuhre kaum den Hof verlassen hatte, scheuten die jungen Tiere schon und rissen aus. In rasender Fahrt ging es die Dorfstraße entlang. Der junge Mann hatte keine Kontrolle über sie. Als er sie zur Seite gegen den Straßenzaun lenken wollte, prallten die Räder gegen die Zaunpfosten und der Wagen wurde in Stücke gerissen. Nur noch mit dem Koppel miteinander verbunden rasten die Pferde weiter die Dorfstraße entlang. Schließlich gelang es den Nachbarn, die Pferde einzufangen und wieder nach Hause zu bringen. Auch die verschiedenen Teile des Wagens, die überall vertreut auf der Straße lagen, wurden eingesammelt und wieder zusammengebaut. Dann wurden die verstreuten Baumwollballen eingesammelt und wieder geladen, um sie am nächsten Tage in Filadelfia abzuliefern. Dem jungen Mann war weiter nichts geschehen. Nur sein Stolz hatte eine empfindliche Prellung davon getragen. Das wurde auch nicht besser, als Vater nach Hause kam. Von jetzt an hörte er wieder auf Mutters weisen Rat.

Wenn die Sonne erst untergegangen war, wurden Kerosenlampen angezündet. In ihrem spärlichen Licht konnte die Hausarbeit zu Ende gebracht werden, und in ihrer Nähe konnte man auch lesen. Eines Abends geht Mutter noch schnell um die Ecke des Hauses, um einen Besen zu holen, der dort gegen die Wand gelehnt steht. Es ist stockfinster. Als sie die Hand nach dem Besen ausstrecken will, fühlt sie eine große Gefahr. Ohne sich von der Stelle zu rühren, ruft sie die Kinder. Als diese mit der Taschenlampe kommen, finden sie eine große, wütende Otterschlange, bereit zuzuschlagen, sobald jemand nahe genug kommen würde. Mit dieser machen die Jungen kurzen Prozess. Als es Mutter dann bewusst wird, in welch großer Lebensgefahr sie geschwebt hat, muss sie sich doch hinsetzen, um sich wieder zu fassen.

Giftschlangen gab es überall im Chaco. Soviel mir aber bekannt ist, ist während der Siedlungsjahre niemand von den Auhagenern von einer Klapperschlange, Kreuzotter oder Korallenschlange gebissen worden oder gar an ihrem Biss gestorben.

Nachdem der erste Sommer vorüber und die Ernte eingebracht ist, bauen Vater und Mutter zusammen ihr erstes Haus. Vater hat das Rundholz aus dem Busch auf den Schultern herbeigetragen und Fenster und Türrahmen davon gemacht. Die Wände werden von Adobes, großen an der Luft getrockneten Lehmziegeln, aufgezogen. Das Dach wird mit Schilf gedeckt. Dieses hält das Haus nicht nur trocken, sondern auch kühl im Sommer und warm im Winter. Es wird ein schon etwas geräumigerer Bau mit zwei schönen Zimmern. Beide werden als Schlafzimmer

Erdnüsse wurden in den Siedlerjahren sorgfältig mit der Hand geerntet.

und auch als Wohnzimmer gebraucht. Die Wände werden von innen und von außen mit Lehm verputzt. Da dieser immer wieder platzt, wird Bittergras ganz fein gehackt und in den Lehm gemischt. Daraus ergibt sich ein ausgezeichneter Schutz für die Wände, besonders dort, wo diese dem Regen und der Sonne ausgesetzt sind. Aus der sehr feinen und weißen Asche des Quebrachobaumes wird dann eine Art weiße Farbe

Um die Adobes vor Sonne und Regen zu schützen, werden sie mit einem Gemisch aus Lehm und Stroh verputzt. Gemeinsam macht die dreckige Arbeit sogar Spaß.

zubereitet, und das ganze Haus bekommt einen weißen Anstrich.

Mutter kocht weiter draußen unter dem Schattendach. Dort hat Vater ihr einen schönen Herd mit richtigem Schornstein gemauert. Zum Backen des Brotes wird ein richtiger Backofen gemauert, worin man das schmackhafteste Brot, leckeren Zwieback, Streuselkuchen oder Sauerampferstollen backen kann. Auch die Innenausrüstung wird immer besser. Von mit dem Brettschneider gesägten Brettern werden Türen und Fensterladen gemacht. Jetzt ist die Familie den wilden Gewitterregen, dem Nordsturm, oder dem eiskalten Südwind des Chacos nicht mehr so schutzlos ausgeliefert, wie es im Zelte der Fall war. Langsam fühlt Mutter sich wieder wie eine richtige Hausfrau und Landwirtin, die ihrer wachsenden Familie auch etwas anzubieten hat. Von richtigem Fensterdraht ist aber noch keine Rede. Um die Familie in der Regenzeit vor den vielen Mücken zu schützen, müssen eben die *mosquiteros* weiter ihren Dienst tun.

In solchem Backofen konnte Mutter das leckerste Brot, Streuselkuchen, Zwieback und vieles andere mehr backen.

Die trockenen Wintermonate werden weiter gebraucht, um die Aussaatfläche zu vergrößern. Auf dem offenen Kamp wachsen überall große Quebracho- und Urundeybäume. Diese müssen mit Wurzeln zusammen bis zu einer Tiefe von einem halben Meter entfernt werden. Dazu werden die Wurzeln erst mit dem Spaten freigelegt und dann mit der Axt abgehackt. Wenn der schwere Baum endlich fällt, muss er aufgeräumt werden. Dafür wird ein Feuer angelegt. Aber es braucht viele Tage, bis so ein Stamm endlich verbrannt ist, denn das Hartholz des

Chaco verbrennt nur sehr langsam. Hier kann Mutter wieder wertvolle Arbeit leisten, denn sie versteht mit Feuer umzugehen. Auch den Jungen macht das Spielen mit Feuer viel Spaß, besonders wenn die Funken richtig sprühen. Da es im Chaco keinen Waldbrand gibt, weil der Chacobusch einfach nicht brennt, dürfen sie ungestört mit Feuer spielen. Eine gelegentliche Brandwunde lehrt sie, wie man vorsichtiger mit Feuer umgeht. So zieht die ganze Familie schon morgens aufs Feld. Vater gräbt und schwingt die schwere Axt, während Mutter und die Kinder mit Feuer nachhelfen. Wenn alles gut geht, können sie zusammen an einem Tage einen weiteren Baum zu Fall bringen und aufräumen. Wenn sich aber die ersten Frühjahrsregen näherten und es mir dem Pflügen eilte, gab es eine schnellere Methode. Neben dem schweren Stamm wurde eine tiefe Grube in die weiche Erde gegraben, der Stamm wurde in diese hinein gerollt und einfach begraben. Wenn die Grube nicht tief genug gewesen war, würde bei der nächsten Aussaat der Pflug daran haken und beschädigt werden. Das musste auf jeden Fall verhindert werden. So wird die Aussaatfläche von Jahr zu Jahr immer größer.

Als Vater dann schon 1932 in den Predigerdienst gerufen wurde, war Mutter nicht überrascht. Sie hatten oft darüber gesprochen. Mutter wusste aber auch, dass Vater immer mehr Zeit für die Arbeit in der Gemeinde brauchen würde. Diese Arbeit, die schließlich seine ganze Zeit in Anspruch nahm, wurde finanziell nicht vergütet. So war es schon in Russland, und so wurde es auch im Chaco gehalten. Mutter war eine starke, gesunde Frau, die immer froh und mutig an die Arbeit ging. Sie wusste, was jetzt auf sie zukam. Zusammen mit ihren Kindern würde sie die Hauptverantwortung für den Unterhalt der Familie tragen müssen. Überall musste sie dabei sein, sei es im Hause, auf dem Hofe, oder auf den Feldern. Zu all dieser Arbeit gebar sie noch acht Kinder im Chaco und zog diese auch gesund und heil auf. Vater half mit, wo immer und wann immer er Zeit hatte. Aber die Gemeindearbeit ging immer vor. Das hatte er Gott gelobt und das musste er halten. Der verheißene Segen bestand aber nicht in materiellen Gütern, sondern in elf gesunden Kindern, die die Arbeit auf den Feldern und im Haushalte selbstverständlich für ihn verrichteten. Alle sind dadurch zu gesunden, starken und guten Menschen aufgewachsen.

Die ersten Jahre im Chaco brachten für Vater große innere Kämpfe mit sich. Gott hatte ihn und seine Familie aus Russland gerettet und in den Chaco geführt. Hier waren sie frei von jeglicher Unterdrückung , Ausbeutung und Bevormundung durch politische Machthaber. Aber wirkliche Freiheit muss einen Inhalt haben, muss wissen, wofür sie da ist, muss ein Ziel und eine Zukunft haben. Dazu braucht Freiheit auch eine materielle Grundlage, um sich entfalten zu können. Über Inhalt und Ziel der neuen Freiheit im Chaco fing man schon in den Anfangsjahren an zu sprechen. Gott hatte sie in den Chaco geführt, damit sie hier frei ihres Glaubens leben konnten. Und sehr schnell erkannten sie auch, dass Gott auch eine große Aufgabe für sie im Chaco bereit hatte, und das war die Evangelisation der Indianer. In Russland hatten sie diese Aufgabe versäumt. Sie hatten im Privilegium sogar versprochen, die orthodoxen Russen nicht zu evangelisieren. Manche sahen die Zerstörung der mennonitischen Kolonien in Russland auch als Strafe Gottes für dieses Versäumnis. Das sollte im Chaco anders werden. Deshalb wurde schon in den Anfangsjahren der Missionsbund „Licht den Indianern" gegründet.

Aber gab es in dieser weglosen, unwirtlichen, unerschlossenen Wildnis überhaupt eine Zukunft. Würden sie nicht doch nach einigen Jahren zugeben müssen, dass man im Chaco auf die Länge nicht leben konnte? Würden sie hier nicht langsam, aber sicher verkümmern? Die Frage, ob man im Chaco eine sichere Existenz aufbauen könnte, konnte erst nach Jahrzehnten harter Arbeit mit einem schlichten *Ja* beantwortet werden.

Gab es nicht andere Länder, andere Möglichkeiten, wo er seine Familie entsprechend versorgen konnte? Zwar hatte man ihm erlaubt, mit seiner Familie in Deutschland zu bleiben. Aber Vater und Mutter waren niemals Deutsche. Auch als ihnen später der deutsche Pass angeboten wurde, lehnten sie ab. Russland war ihre Heimat gewesen und Kanada hatte die neue Heimat werden sollen. Kanada erlaubte ihnen aber nicht die Einreise, und so mussten sie versuchen, aus dem unwirtlichen Chaco eine neue Heimat zu machen.

Vater rang mit Gott. Galt sein Gelöbnis auch für diese trostlose Wildnis? Sollte er Gott auch das Wohlergehen seiner geliebten Elisabeth und seiner Kinder zum Opfer bringen? Wo war der Segen, den Gott auch ihm verheißen hatte? Vater hatte große Pläne für sein Leben gemacht. Er wollte studieren und Karriere machen. Aber Gott, oder richtiger gesagt, die kommunistische Revolution hatte alle diese Pläne zerschlagen. Auch sein Plan, über Batum nach Amerika auszuwandern, war fehlgeschlagen. Dann hatte er Elisabeth Hildebrandt kennen gelernt und geheiratet. Wieder winkte eine viel versprechende Zukunft. Mehr Land könnte gekauft werden. Die Landwirtschaft sollte erweitert werden. Aber auch diese Pläne wurden vom Kommunismus zerschlagen. Heimat- und staatenlos wurden sie von den guten Brüdern in Nordamerika in die trostlose Wildnis des Gran Chaco gebracht.

Als sie schon 1931 nach einer Alternative in Ostparaguay suchten, tat das MCC alles, um eine Umsiedlung dorthin zu verhindern. Hier im trostlosen, unwirtlichen Chaco sollten sie bleiben. Schließlich musste er alle irdische Hoffnung auf Fortschritt und materielle Sicherheit aufgeben. Als er sich Gott endlich bedingungslos unterwerfen konnte, wurde auch er gesegnet. Jetzt wurde der Chaco auch für ihn zum verheißenen Land, das durch schwere Arbeit mit Axt, Spaten und Pflug erobert und urbar gemacht werden musste. Der Chaco blieb das verheißene Land für Vater und Mutter bis zum Ende ihres Lebens. Durch ihre unermüdliche Arbeit haben sie dazu beigetragen, dass er für die nächsten Generationen sogar zu einem Paradies wurde. Das heißt, wenn es genügend regnet.

Das ging aber nicht immer ohne neue Kämpfe ab. Als Vater 1948 als Vertreter der Fernheimer Kolonie zur Mennonitischen Weltkonferenz nach Goshen und Newton geschickt wurde, bereiste er auch ganz Kanada. Besonders das Fraser Tal tat es ihm an. Er hatte viele Freunde und Verwandte in den USA und in Kanada, die ihm mit seiner großen Familie die Einwanderung in eines dieser zwei Länder schnell ermöglicht hätten. Aber er wusste, weder Kanada noch die USA waren das verheißene Land für ihn und für seine Familie. Es war und blieb der verrufene Chaco Paraguays. Als die meisten seiner Söhne später nach Brasilien, Kanada und Deutschland auswanderten, riet er immer davon ab. Er ließ ihnen ihre Wahl, blieb aber darauf bestehen, dass man auch im unwirtlichen Chaco eine sichere wirtschaftliche Existenz aufbauen könne. Lag der Beweis davon nicht auf der Hand?

Als er dann 1948 vor Weihnachten endlich von Nordamerika nach Hause kam, hatten die Heuschrecken die gesamten Felder vernichtet. Aber nicht nur das, sein geliebter Obstgarten war durch die große Dürre

Blumen in der Regenzeit im Chaco.

beinahe ganz vertrocknet. Baumwolle und Kafir kann man wieder pflanzen und dennoch eine Ernte einbringen. Die Obstbäume brauchen aber viele Jahre, um endlich Frucht zu bringen.

Als einer seiner Söhne ihn noch 1980 fragte, ob die Möglichkeit einer Auswanderung nach Kanada nicht doch eine Versuchung für ihn gewesen sei, gab er das ohne weiteres zu. Aber hatte Gott ihn und seine Familie nicht auch hier reichlich gesegnet! Hatte Gott ihn und seine geliebte Lisa nicht auch hier nach vielen Jahren harter Arbeit und vielen Entbehrungen mit allen irdischen Gütern gesegnet, so dass sie auch im Alter wohl versorgt waren!?

Ist nicht die ganze Erde Gottes Schöpfung, und damit auch Sein verheißenes Land? Gilt Gottes Verheißung „Glaubet ihr, so bleibet ihr!" nicht überall, wo seine Kinder versuchen, eine Existenz aufzubauen?

III. DER LASTESEL DES HERRN AUF DEM WEGE ZUR GELASSENHEIT

Die Flüchtlinge, denen 1929 die Ausreise aus Russland gelang, kamen alle aus verschiedenen Kolonien und aus drei verschiedenen Gemeinderichtungen: die Mennonitengemeinde (auch *Kirchliche* genannt), die Evangelische Mennoniten Brüdergemeinde (EMB) und die Mennoniten Brüdergemeinde (MB). In den Dörfern wohnten sie alle durcheinander, da bei der Zusammenstellung der Dorfgemeinschaften noch im Lager in Deutschland bewusst nicht auf Gemeindezugehörigkeit geachtet wurde. Prof. B. Unruh riet den Flüchtlingen, noch während sie in den Lagern in Deutschland waren, doch alle Uneinigkeit der Vergangenheit zu vergessen und in Paraguay alle zusammen eine neue Gemeinde zu gründen. Obwohl er in seinen Briefen immer wieder daran erinnerte, waren seine Worte in den Wind gesprochen. Kaum war man auf dem Siedlungsland angekommen, wurden auch schon die einzelnen Gemeinden gegründet, je nach ihrer Zugehörigkeit in Russland. Die MBs wollten wieder MBs, die EMBs wollten wieder EMBs sein und die *Kirchlichen* wollten wieder *kirchliche* Mennonitengemeinde sein. Als letzte Gruppe schlossen sie sich schließlich auch unter dem Namen F*ernheimer Mennonitengemeinde* zusammen. Allerdings wählte diese Gruppe zuerst den Namen *Kirchliche Mennoniten Gemeinde*. Da die Bezeichnung *kirchliche* aber einen bitteren Beigeschmack aus der Vergangenheit hatte, wurde sie schon bald auf *Fernheimer Mennonitengemeinde* umgetauft. Von Russland her verband man den Begriff *kirchliche* mit sündig, unbekehrt, oberflächlich und nicht richtig getauft. Besonders die Brüdergemeinde würde an dieser Bezeichnung noch viele Jahre festhalten.

Als die Auhagener auf ihrem Siedlungskamp ankamen, gab es bereits diese drei Gemeinderichtungen. Vater und Mutter waren beide schon 1920 auf das Bekenntnis ihres Glaubens an Jesus Christus in Russland in der Mennonitengemeinde getauft worden. So suchten sie auch hier Anschluss an diese Gemeinde. Es war dann auch diese Gemeinde, die Fernheimer Mennonitengemeinde, die Vater dann schon sehr bald in den Predigtdienst rief. Da Vater selber den Zustand dieser Gemeinde in seiner Antrittspredigt im Jahr 1934 in der Auhagener Schule beschreibt, lassen wir ihn lieber selber berichten.

„DER BEWEGGRUND ZUM REDEN
2. Kor. 4:13-14
Jeder Mensch, erschaffen nach dem Bilde Gottes, geht seinen ei-

genen, besonderen Weg. Gott, der Herr, aber, der den Menschen aus einem Erdkloß schuf, der ihm den lebendigen Odem einblies und ihm einen freien Willen gab, muss oft lange warten, bis dieses Geschöpf den Weg zu Ihm zurück findet. Auch will dieses sein Geschöpf oft klüger sein als sein Schöpfer. Wie hatte Gott der Herr doch alles so wunderbar erschaffen. Er hatte dem Menschen ein herrliches Leben in seinem Garten zugedacht. Aber dieser so großartig begabte Mensch ließ sich von der Schlange, dem Teufel, verführen durch die aufreizende Frage: „Willst du nicht sein wie Gott?" Wie schmeichelte sich diese Frage in die Herzen unserer ersten Eltern ein. Es gibt wirklich die Möglichkeit, Gott gleich zu sein. Anfänglich wehren sie ab: Hat Gott nicht gesagt! Aber die Schlange weiß den anfänglichen Widerstand schnell zu überwinden. Der Gedanke, selbst Gott zu sein, überwog alle Bedenken. Adam und Eva entschieden sich, gegen Gottes Befehl zu handeln. Sie wollten nicht, dass jemand über ihnen stehe, und übertraten Gottes Gebot. Das, meine Teuren, war die Sünde Adams und Evas, ihr großer Fall. Wenn wir uns fragen, ob es heute anders ist, so müssen wir antworten, dass auch heute die Menschheit an derselben Sünde krankt. Auch heute will der Mensch Gott gleich sein, oder sogar selber Gott spielen. Auch heute widersetzt der Mensch sich dem Gebote Gottes.

„Wir sind allzumal Sünder und mangeln des Ruhmes, den wir vor Gott haben sollen", so schreibt der Apostel Paulus. Erst wenn sich das Wort Jesu auch in unserem Leben erfüllt: „Es sei denn, dass jemand von neuem geboren werde", dann hört der Widerstand gegen Gottes Willen in uns auf. Dann erst ist das ursprüngliche, gottgewollte Verhältnis zu Ihm wieder hergestellt. Dann erst steht das Geschöpf seinem Schöpfer wieder zur Verfügung. Aber selbst für uns als wiedergeborene Kinder Gottes hört der Kampf mit der Versuchung Gott gleich zu sein niemals auf. Jedes Kind Gottes weiß von diesem Kampf und von diesem Ringen. So auch ich! Wie lange dauert es, und wie viele Kämpfe braucht es, bis der Mensch endlich den Weg des Heils betritt? Bis er Jesus, den gekreuzigten Sohn Gottes und allein selig machenden Heiland annimmt und an ihn glaubt. Wieviel Geduld und Liebe muss Gott doch für uns aufbringen? Wie schwer fällt es doch uns Menschen, bis wir endlich mit aufrichtigem Herzen sagen können: „Ich glaube!" Ich glaube, dass Jesus auch für meine Sünden am Kreuze gestorben ist. Ich glaube, dass Jesus Christus, der Sohn Gottes, auch mein Heiland ist. Meine Lieben, so habe ich es erfahren, und so hat mancher von euch es ebenfalls erlebt.

Als ich mit zwanzig Jahren am Jugendunterricht in Lichtenau teilnahm, wurde mir klar, dass ich ein anderes Leben anfangen musste. Ich musste umkehren von den Wegen der Sünde. Auch ich musste mich bekehren, wenn ich das ewige Leben ererben wollte. Im Unterricht wurde mir der Weg zum Heil klar gezeigt. Aber ich konnte es nicht fassen. Dann in der Nacht zum elften Mai 1920 konnte auch ich nach schwerem Ringen endlich Gewissheit der Vergebung meiner Sünden erlangen. Seit jener Nacht weiß ich aber auch, wie schwer es ist, wirklich sagen zu können: „Ich glaube!" Erst als eine innere Stimme mir sagte: „Du brauchst es nur zu glauben", konnte ich es fassen und fand Frieden.

Auf diesen Glauben ließ ich mich dann taufen, und auf diesen Glauben tue ich heute diesen Schritt. Auf diesen Glauben habe ich euren und Gottes Ruf angenommen, und habe ja gesagt zu der großen, schweren Aufgabe, die mir heute übertragen worden ist.

„Ich glaube, darum rede ich." So heißt es im hundertsechzehnten Psalm. Auch der Apostel Paulus gibt diesen Glauben als Grund seines Auftretens an: „So glauben wir auch, darum so reden wir auch." Dies ist auch für mich der einzige Grund, dass ich hier heute stehe und rede. Ich weiß sehr gut, dass ich nur ein ganz geringer Arbeiter und schwerfälliger Redner bin. Und ich weiß, wieviel dazu gehört, um eine zusammenhängende Predigt zu bringen.

Liebe Geschwister, ich muss es euch heute sagen, wie schwer es mir gefallen ist, ja zu sagen. Lange habe ich gezögert, ehe ich mit der Arbeit anfing. Wenn ich innerlich darüber hätte ruhig werden können, würde ich hier heute nicht stehen. Doch das war unmöglich. Hatte ich dem Herrn nicht gelobt, dass ich ihm dienen würde, wenn Er mich und meine Familie aus Russland herausführen würde.

Als wir durch Gottes Gnaden dann nach Deutschland kamen, musste ich oft an mein Gelöbnis denken. Wie konnte ich es einlösen. Noch auf der Zugstation in Mölln, als wir die Reise nach Paraguay antraten, rief Jakob K. Janzen mir zu: „Wenn sie dich dort zum Prediger wählen werden, dann sage nicht nein." Was ich da empfand, kann ich euch heute nicht sagen. Hätte ich zurückbleiben können, ich wäre geblieben. Denn eine innere Stimme sagte mir, dass es so kommen würde. Alles in mir aber sträubte sich dagegen. Ich fühlte mich unwürdig und unfähig, diese Arbeit zu tun.

Nachdem wir hier in Auhagen angekommen waren, nahm ich an einer der Gemeindestunden der Mennonitengemeinde teil. Ich war geschlagen von dem schlimmen Zustand der Gemeinde. Da war viel Arbeit, die getan werden musste. Aber wo waren die Arbeiter? Als dann nach einigen Wochen Predigerwahl gehalten wurde, wurde ich auch gewählt. Doch ich zögerte den Anfang meiner Arbeit hinaus. Es ging mir so wie Moses: „Herr ich habe nicht die Gabe des Redens." Oder wie Jesaja: „Wer bin ich Herr, dass ich gehen soll und predigen? Wehe mir, ich bin unreiner Lippen."

Da war es auf einer Gebetsstunde, wo ich die Antwort auf alle meine

Fragen fand: „Ich glaube, darum rede ich." Nun wurden mir die Augen geöffnet und ich wusste, was ich zu predigen hatte, nämlich meinen Glauben an Jesus Christus unseren Heiland und Erlöser. So fing ich dann in aller Demut mit meiner Arbeit als Prediger an.

Dann kam euer Ruf zur Ordination. Wieder hatte ich einen schweren Kampf durchzukämpfen. Ich wusste um die großen Schäden in der Gemeinde. Das laue, kalte, gleichgültige Verhalten vieler Glieder in der Gemeinde. Das Leben vieler, das in keiner Beziehung mit der Lehre Jesu Christi übereinstimmte, war nur zu offenbar. Ich wusste aber auch um die vielen aufrichtigen Jünger Jesu in der Gemeinde. Es wurde mir aber auch klar, dass Gott mich gerade in diese Gemeinde geführt hatte, um mein Gelöbnis einzulösen. Ich muss heute offen reden. Ich muss euch sagen, was mein Herz bewegte. Würde es nicht über kurz oder lang auch mit unserer Gemeinde so gehen, wie es mit Israel ging, als Jesus die Juden mit den Worten konfrontierte: „Das Reich Gottes wird von euch genommen werden." Dieses Wort Jesu sollte sich leider nur zu schnell erfüllen. Und was war die Ursache: Israels Ungehorsam und Treulosigkeit.

Liebe Gemeinde, wenn wir heute um uns schauen: Sind wir nicht auf demselben Wege? Wo sind wir heute auf dem Wege der Nachfolge. Denkt an die Versprechen, die wir machten, als wir über die russische Grenze in die Freiheit kamen. Versprachen wir damals nicht alle, treu in der Nachfolge Jesu Christi zu sein. Oder als der Typhus unter uns wütete, welche Versprechen machten wir Gott damals? Oder ihr Jugendlichen, die ihr vor einigen Monaten Jesus Christus als euren Herrn und Heiland angenommen habt, wo steht ihr heute? Können wir ruhig vor Gottes Angesicht treten, oder verklagt uns unser Gewissen. Wenn unser Bekenntnis vor der Taufe aus leeren Worten bestand, dann haben wir nicht nur Menschen, sondern noch viel mehr uns selber betrogen.

Liebe Geschwister, lasset uns wach sein. Heute ist die Zeit der Gnade. Heute ist es Zeit, dass wir mit der Nachfolge Jesu Christi ernst machen. Was hilft das schöne Kleid, wenn der Träger davon tot ist? Was hilft der Name Mennonit, wenn wir nicht als solche leben?

Ich glaube, darum rede ich! Ich weiß, dass der, der Jesum Christum von den Toten auferweckte, auch uns durch den Tod hindurch ins ewige Leben führen wird. Jesus Christus gestern, heute und in aller Ewigkeit. Das ist der Inhalt meiner Predigt und soll es immer bleiben. Nur in Ihm und durch Ihn können wir alle selig werden.

Liebe Gemeinde, betet für mich. Betet für mich um einen festen Glauben. Betet für mich um Kraft, Freudigkeit und Mut, um euch das Evangelium von Jesus Christus treu und unverfälscht zu verkündigen und auszuleben. Amen!"

Als unsere Eltern sich der Fernheimer Mennonitengemeinde anschlossen, wussten sie nur zu gut um all die Vorurteile der andern zwei Gemeinden. Sie wussten aber auch, dass sie nicht deren Urteil und Gericht unterstanden, sondern einzig und allein vor Gott, ihrem Herrn und Richter, sich verantworten müssten. Und vor diesem Richter, der die Herzen der Menschen kennt, kann niemand auf Grund seiner Bekehrung und Taufe allein bestehen, nicht einmal auf Grund seines tadellosen Lebens, sondern nur auf dem Grund der unendlichen Gnade Gottes, wie er sie uns in Jesus Christus offenbart hat. Denn vor diesem Richter sind und bleiben wir allzumal Sünder und mangeln des Ruhmes, den wir vor Gott haben sollten. Wir sind aber immer auch gerechtfertigte Sünder und selbst Kinder Gottes, solange wir in all unserer Schwachheit und Unvollkommenheit auf dem Wege der Nachfolge wandeln.

Vater spricht in seiner Antrittspredigt sehr offen über seine inneren Kämpfe und über seine Unvollkommenheit. Seine eigenen Schwächen kannte er nur zu gut. Er wusste auch, dass neue Anfechtungen und innere Kämpfe auch in Zukunft nicht ausbleiben würden. Aber er wusste auch aus eigener Erfahrung, dass Jesus Christus gerade für Menschen wie ihn gestorben ist, und dass seine Kraft gerade in den Schwachen mächtig ist. Als die innere Stimme ihm in seinem Ringen um Vergebung zuflüsterte: „Du brauchst es nur zu glauben", da ging es um noch etwas Wesentliches. Vater war begabt, stark und stolz. Er wollte es selber schaffen. Glauben bedeutete für ihn, dass auch er sich vor Gott demütigen musste. Er musste erkennen, dass auch er ein sündiger Mensch war, der es selber niemals mit eigener Kraft schaffen würde. Es bedeutete auch, dass er mit allen seinen Stärken und Schwächen würde leben müssen. Auch er musste lernen und bekennen, dass alles letzten Endes nur Gnade ist.

Wenn nun selbst er, der Prediger und später Älteste der Gemeinde, immer noch mit Anfechtungen zu tun hatte, dass auch er Fehler machte, und dass auch er für sein Heil einzig und allein von der unendlichen Liebe und Gnade Gottes in Jesus Christus abhängig war, wer war er dann, um andere zu richten. Gab es dann überhaupt eine reine Gemeinde? Oder war die Gemeinde Jesu Christi nicht von der Zeit der Apostel an immer eine Gemeinschaft derjenigen, die den Ruf in die Nachfolge gehört und angenommen hatten und die jetzt gemeinsam mit allen ihren Unvollkommenheiten Christus nachfolgten? Diese Erkenntnis machte Vater demütig, offen und tolerant anderen gegenüber. Gott hatte ihn nicht zum Richter über die Gemeinde berufen, sondern zu ihrem Hirten und Lehrer. Als solcher ist es seine Aufgabe, gerade für die Schwachen, die Verwundeten und die Verirrten zu sorgen. In einem Vortrag „Der Hirte nach der Schrift" führt er diese Gedanken weiter aus. Schon im Alten Testament werden die großen Führer und Propheten Israels wie Moses,

Jesajas, Hesekiel und andere als Hirten des Volkes Gottes bezeichnet. Zu den Geistesgaben gehört nach Eph.4:11 auch die des Hirten der Gemeinde. Jesus selber bezeichnet sich als den guten Hirten, der besonders den Verirrten nachgeht, um sie zu retten. Wenn dann von den Nachbargemeinden immer wieder auf die Unvollkommenheit der Mennonitengemeinde hingewiesen wurde, konnte er ruhig antworten: „Das wissen wir leider nur zu gut, aber wir arbeiten damit". So wie Jesus dem verirrten Schafe nachgeht, um es wieder zurück in die Herde zu bringen, so tun wir das auch. Es ist weiter die Aufgabe des Hirten der Gemeinde, seine Herde zu weiden. Das heißt, sie mit allem zu versorgen, was sie zu einem gesunden Leben braucht. Er muss seine Herde auch vor den Gefahren von innen und von außen schützen. Hier weist Vater auf die politischen Geistesströmungen hin, die zu einer großen Gefahr für die Gemeinde wurden und wieder werden können. „Das hat uns die Erfahrung in der Vergangenheit gezeigt. Sie gleichen den Wölfen in Schafskleidern…" Deshalb muss der Hirte beständig wachen und beten, um die Geister entsprechend prüfen zu können. Die Mahnung des Apostels Johannes „Prüfet die Geister" wird wohl, je weiter wir kommen, desto notwendiger werden.

Schon am 24. Mai 1931 wurde das erste Tauffest der Mennonitengemeinde in Kleefeld gefeiert. Alle Kandidaten mussten vorher am Jugend- und am Katechismusunterricht teilnehmen. Getauft wurde auf das persönliche Bekenntnis des Glaubens an Jesus Christus, so wie es im Neuen Testament gelehrt wird. Biblischer Glaube bedeutet aber immer auch Gehorsam. In Vaters Antrittspredigt ist Glaube ohne Gehorsam kein Glaube. Für Vater wurde Glaube erst wirklicher Glaube, wenn er bedingungslos gelebt wurde.

Unter dem Einfluss des Pietismus, der in Russland bei der Geburt der Mennoniten Brüdergemeinde Pate gestanden hatte, wurde die Bekehrung immer mehr in den Vordergrund gestellt. So wie in den anderen Gemeinden musste später jeder Taufkandidat auch in der Mennonitengemeinde ein Zeugnis von seiner Bekehrung ablegen. Das ist eine deutliche Akzentverschiebung. Es ist nicht mehr genug, dass der Kandidat seinen Glauben bezeugt, er muss auch noch davon erzählen, wie er zum Glauben gekommen ist. Das Wie und das Wann der Bekehrung wurde auch in der Fernheimer Mennonitengemeinde immer wichtiger. Dabei brauchen Bekehrung und Glaube einander nicht auszuschließen, wenn Bekehrung wirklich zum wahren Glauben und unbedingten Gehorsam führt. Es ist aber nicht das Wie und Wann der Bekehrung, das uns selig macht, sondern die klare Entscheidung zur Nachfolge Jesu Christi im täglichen Leben, also Glaube und Gehorsam.

Zum Wie und Wann der Bekehrung kam für die Mennoniten Brüdergemeinde dann unter dem Einfluss des Baptismus auch die Form der Taufe. Für die Mennoniten Brüdergemeinde war noch von Russland her nur die Untertauchungstaufe gültig. Andere Formen der Taufe wurden nicht anerkannt. Wenn also ein Glied der Mennonitengemeinde sich aus verschiedenen Gründen der Mennoniten Brüdergemeinde anschließen wollte, so musste es sich wiedertaufen lassen. Meistens war der Grund dafür eine so genannte Mischehe. Bis die Mennoniten Brüdergemeinde auch die Besprengungstaufe als gleichwertig anerkannte, hat diese einseitige Betonung der Form der Taufe viel Herzeleid und viele Spannungen verursacht.

Die Gottesdienste wurden in den ersten Jahren zuerst unter Bäumen, dann in Privathäusern und schließlich in den Schulen der Dörfer abgehalten. Da in den meisten Dörfern alle drei Gemeinderichtungen vertreten waren, hielten sie auch alle zusammen Gottesdienst. Die Ausnahme war der Gemeindesonntag, der später einmal monatlich abgehalten wurde. An diesem Sonntag feierte und feiert jede Gemeinde für sich Gottesdienst. An den anderen Sonntagen predigte Vater zu Gliedern aller drei Gemeinden.

Vaters klares Zeugnis von seiner Bekehrung, seinem Glauben und bedingungslosen Gehorsam an Jesus Christus überzeugte schließlich selbst die extremen Glieder der Mennoniten Brüdergemeinde. Auch der Inhalt seiner Predigten war überzeugend, wenn er für manche auch zu sehr den Glauben als unbedingten Gehorsam und als bedingungslose Nachfolge betonte. Mit der Form seiner Taufe aber, der Besprengungstaufe also, konnten sich viele einfach nicht abfinden. Es kam so weit, dass es hieß, wenn Onkel Isaak noch richtig getauft wäre, könnte er auch ein Prediger der Mennoniten Brüdergemeinde sein. So wurde auch hier die Form über den Glauben und das Zeugnis der Nachfolge gestellt. Die Glieder der Mennoniten Brüdergemeinde waren überzeugt: Wenn man nicht nach einem bestimmten Schema bekehrt und nicht richtig getauft ist, kann man nicht wirklich ein Christ sein. Also war die Fernheimer Mennonitengemeinde in den Augen der anderen Gemeinden nicht wirklich eine Gemeinde Jesu Christi, denn viele ihrer Glieder konnten kein eindeutiges Zeugnis von dem Wann und dem Wie ihrer Bekehrung ablegen, und sie waren nicht richtig getauft. Dass sie dabei aber mit ihrem Leben ein klares Zeugnis von ihrem Glauben an Jesus Christus ablegten, war eben nicht gut genug. Eine andere Gefahr des Pietismus ist die Verinnerlichung oder Vergeistlichung des Glaubens. Wenn ich nur ganz fest in meinem Herzen glaube, dass ich gerettet bin, spielt das praktische Leben keine so große Rolle mehr.

Mit dem Wie und Wann der Bekehrung wurden Evangelisationen immer wichtiger. Wenn man sich nicht dann und dort unter der Predigt von einem berühmten Evangelisten bekehrt hatte, konnte die Bekehrung in Frage gestellt werden. Dass man sich auch unter der Wirkung des Heiligen Geistes bekehrte, ohne dass mindestens ein Prediger dabei war, kam immer seltener vor. Mit den Massenevangelisationen und bestimmten Formen der Bekehrung hatte man das Wirken des Heiligen Geistes gewissermaßen in den Griff bekommen. Jetzt konnte man jährliche Evangelisationen durchführen und schon gleich die darauf folgenden Tauffeste planen.

Obzwar Vater für Evangelisation war, legte er doch immer großes Gewicht auf die Freiheit des Heiligen Geistes. Dieser konnte Menschen auf Grund des Evangeliums von Jesus Christus zu einer Entscheidung führen, ohne dass eine zweite Person dabei zu sein brauchte. Vater wollte keine Massenchristen, sondern reife Menschen, die sich in schwerem inneren Ringen zum Glauben an Jesus Christus durchgekämpft hatten. Diese wussten später, wovon sie sprachen, wenn sie vor der Taufe das Bekenntnis von ihrem Glauben ablegten.

Weiter drängte Vater niemals auf eine Entscheidung, wenn er fühlte, dass die betreffende Person noch nicht reif dafür war. Auch seinen Kindern ließ er in Sachen von Glaubensentscheidungen volle Freiheit. Sie würden schon kommen, wenn sie so weit waren. Und nach und nach kamen sie alle.

Auch das Gemeindeverständnis Vaters war für die Glieder der Mennoniten Brüdergemeinde ein Anstoß. Wenn die Gemeinde aus richtig bekehrten und getauften Gliedern bestand, dann war sie doch die reine Braut Jesu Christi. Dann durfte sie doch keine Flecken und Runzeln mehr haben. Vater bekannte aber offen, dass es selbst in seinem Leben immer noch Kämpfe und Anfechtungen gab. Er gab damit ohne weiteres zu, dass die Mennonitengemeinde keine vollkommene Gemeinde sei. Dass sie vielmehr aus Gliedern bestehe, die aus Sündern bestehe, denen aus Gnaden vergeben worden sei, und die sich gerade als solche gemeinsam mit allen ihren Fehlern auf dem Wege der Nachfolge Jesu Christi befänden. Ohne gelegentliche Verirrungen und Buße würde es in dieser Gemeinde niemals abgehen.

Es gab in den verschiedenen Dörfern immer wieder junge Leute, die ein tadelloses Leben führten. Sie waren in die Sonntagsschule gegangen und hatten an den verschiedenen Veranstaltungen der Jugend teilgenommen. Man sah sie praktisch jeden Sonntag im Gottesdienst. Hätte man sie gefragt: „Glaubst du an Gott und an Jesus Christus", so wäre die Antwort ein klares Ja gewesen. Aber aus vielleicht nur ihnen selber bewussten Gründen zögerten sie den Schritt zur Taufe und damit in die Gemeinde immer wieder hinaus. Eine junge Frau, die selber Glied der Gemeinde war, machte sich nun Sorgen um das Seelenheil ihres Mannes. Als sie damit zu Vater kam, meinte dieser gelassen: „Lass ihm Zeit. Er weiß den Weg des Heils. Wenn alle Glieder der Gemeinde so ein tadelloses Leben führen würden wie er, würde es um die geistliche Gesundheit und den Ruf der Gemeinde weit besser stehen. Wenn seine Zeit, seinen Glauben auch öffentlich vor der Gemeinde zu bekennen, gekommen ist, wird er schon kommen. Dann wird er auch um die Taufe auf seinen Glauben bitten". Und so war es auch.

Auch mit der Reinheit der Fernheimer Mennonitengemeinde lag es im Argen. Da gab es doch selbst Prediger, die rauchten, und rauchen war doch eine Todsünde. Sollte die Gemeinde Jesu Christi nicht ohne Flecken und Runzeln sein? So lehrte es doch selbst Menno Simons. Auch in seinem Verständnis von der Gemeinde als reine Braut Jesu Christi gibt es keinen Raum für Sünder, selbst nicht für gute Christen, die gelegentlich einen Fehler machen. Bei der in vielen Hinsichten berechtigten Kritik der Mennoniten Brüdergemeinde an der *kirchlichen Mennonitengemeinde* in Russland beriefen sich diese hauptsächlich auf Menno Simons. Viele der Glieder der *Kirchlichen* waren nur dem Namen nach Mennoniten und noch viel weniger Christen. Und manche lebten offensichtlich in Sünde. Dass es unter den *Kirchlichen* aber auch viele tief gläubige Christen gab, die schwer unter der Verweltlichung ihrer Gemeinde litten, durfte einfach nicht wahr sein. Das Trennungsdokument der Mennoniten Brüdergemeinde besteht hauptsächlich aus direkten Zitaten oder Paraphrasen von Mennos Schriften. Die Glieder der Mennoniten Brüdergemeinde sind nun die echten Mennoniten, die reine Braut Christi ohne Flecken und Runzeln. Und wie Menno immer wieder die Absonderung der Gemeinde Jesu Christi von der sündigen Welt forderte, so forderte die Mennoniten Brüdergemeinde in Russland und in den ersten Jahrzehnten auch in Paraguay strenge Absonderung von der *nicht richtig bekehrten, nicht richtig getauften*, also *sündigen (kirchlichen) Fernheimer Mennonitengemeinde.* Eine Frau aus der Mennoniten Brüdergemeinde, die einen Mann aus der Mennonitengemeinde heiratete, ohne dass dieser der Mennoniten Brüdergemeinde durch richtige Bekehrung und Taufe beitrat, wurde ausgeschlossen. Es ging so weit, dass ein Lehrer an der Bibelschule in Filadelfia vor seinen Studenten erklärte, er glaube, dass alle Glieder der Mennoniten Brüdergemeinde selig würden, von der Mennonitengemeinde aber nur einige Ausnahmen.

Durch harte Arbeit und viel Geduld konnten die offensichtlichen Missstände in der Mennonitengemeinde Schritt für Schritt überwunden werden. Unter dem Einfluss der Mennoniten Brüdergemeinde und evangelikalen Strömungen aus Europa und Nordamerika wurde auch in der Mennonitengemeinde die rechte Bekehrung immer mehr betont. Gleichzeitig entwickelte die Mennoniten Brüdergemeinde unter der Leitung guter biblischer Theologen aus den eigenen Reihen ein neues Verständnis der biblischen Taufe, wo es nicht um das Wie, sondern um das Bekenntnis des Glaubens an Jesus Christus geht. Schon lange bevor Vater starb, wurde die Besprengungstaufe auch von der Mennoniten Brüdergemeinde als gültige Taufe anerkannt. Vater stellte schon 1958 den Taufkandidaten die Form der Taufe frei. Wenn sie es wünschten, konnte er sie auch mit der Untertauchungstaufe taufen.

Für Vater aber ging es niemals an erster Stelle um die Form der Bekehrung und der Taufe, sondern immer um deren Inhalt. Bist du wirklich von deinem Wege der Sünde umgekehrt? Ist es dir wirklich bewusst, dass deine Sünden vergeben sind? Glaubst du an Jesus Christus als deinen Herrn und Heiland? Bist du bereit, diesen deinen Glauben nun auch öffentlich mit der Taufe zu bekennen und im täglichen Leben auszuleben? Dieses waren die entscheidenden Fragen vor der Taufe.

Als Vater seine Arbeit als Prediger der Fernheimer Mennonitengemeinde begann, gab es zwischen den einzelnen Dörfern nur mit Beil und Spaten gemachte Wege. Als Transportmittel gab es nur des Schusters Rappen. Wenn er nun, wie alle andern Prediger auch, im Nachbardorf predigen musste, hieß es zu Fuß gehen. Das konnte eine bis zwei Stunden brauchen. Traf ihn aber der Dienst in einem der entfernten Dörfer, dann brauchte er fünf Stunden und mehr für den Weg. Also musste er sich schon am Sonnabend auf den langen Weg machen. Später, als es dann schon Pferde gab, konnten die Prediger auch reiten. Manchmal wurden auch die Ochsen vor den Wagen gespannt, und los ging

Schneise durch den wilden Chacobusch.

die langsame Fahrt. Wenn das der Fall war, fuhren meistens die Familie und andere Nachbarn mit. Dann konnte man gemütlich auf dem Wagen sitzen oder nebenher gehen und stundenlang erzählen. Das war dann auch für Mutter eine große Abwechslung. Endlich hatte auch sie einmal einen oder mehrere Ruhetage. Allerdings traute sie den Ochsen nicht mehr viel Gutes zu, nachdem diese eines Tages durchgingen und Wagen und Sielen in Stücke rissen.

Die Gemeindearbeit in der Mennonitengemeinde erforderte in den Anfangsjahren viel Geduld, viel Weisheit und viele Gebete. Ihre Glieder kamen aus verschiedenen Kolonien in Russland. Alle hatten die russische Revolution erlebt. Besonders die Männer, die im Ersten Weltkrieg als Sanitäter an der Front gearbeitet hatten, waren keine unschuldigen,

Vater und Mutter mit dem Vorstand der Gemeinde auf der Ordinationsfeier zum Ältesten vor der Kirche in Karlsruhe 1948.

weltfremden Mennoniten mehr. Die meisten hatten die Zeit der Anarchie mit den wilden Horden Machnows durchgemacht. Das Brennen, Morden und Schänden dieser gesetzlosen Banden hatte viele bewogen, sich am Selbstschutz zu beteiligen. Dann kam die furchtbare Hungersnot mit Typhus und anderen Krankheiten. Wieder starben viele, besonders Frauen und Kinder. Dann wurden die vollen Wirtschaften aufgeteilt und an Landlose vergeben. Die hart arbeitenden Bauern aber, die aus der Ukraine eine Kornkammer Europas gemacht hatten, wurden von der neuen kommunistischen Regierung zu Volksfeinden erklärt. Diese Männer und Frauen waren hart geworden, und manche lebten ein unmoralisches Leben. Um aus dieser bunt zusammengewürfelten Gruppe von Menschen eine fromme Gemeinde zu machen, brauchte es viel Weisheit, Geduld und Liebe. In einigen Fällen musste scharf durchgegriffen werden. Wenn gute Ermahnungen nicht halfen, wurde das betreffende Glied ausgeschlossen. In extremen Fällen wurde selbst der strenge Bann verhängt. Das bedeutete, dass niemand mit den Gebannten Umgang haben durfte. Selbst wirtschaftlich wurden sie isoliert. Da es für die meisten Chaqueños kaum einen Ausweg gab, mussten sie früher oder später klein beigeben, Buße tun und um Wiederaufnahme in die Gemeinde bitten. Diejenigen, die dazu nicht bereit waren, verließen die Kolonie, um in Asunción oder sonst wo eine neue Existenz aufzubauen. Manche dieser Familien schafften es, andere verkümmerten und verkamen.

Auf der Flucht, in den Flüchtlingslagern, auf dem Schiff, den Zeltlagern und sogar auf den eigenen Höfen in den Dörfern lebten die Familien sehr dicht zusammen. Es gab kaum etwas im Familien- und sogar im Eheleben, das nicht früher oder später bekannt wurde. Da das Leben in der abgeschiedenen Wildnis des Chaco kaum Abwechslung bot und Nachrichten aus der großen Welt nur sehr spärlich durchsickerten, wurde es für diese welterfahrenen Kolonisten im Chaco bald sehr langweilig. Jedes besondere Erlebnis in der Familie, im Dorf oder in der Kolonie wurde ausführlich weitererzählt. Wie der Nachbar mit seinen wilden Ochsen wieder krumme Furchen auf seinem Felde gezogen hatte, darüber konnte man sich stundenlang unterhalten. Jede, auch die kleinste Einzelheit war interessant. Manche wurden als Geschichtenerzähler, *resserietasch*, in der Nachbarschaft und auch über das Dorf hinaus bekannt.

So gab es da einen guten Jäger, der sehr spannend über seine Erlebnisse erzählen konnte. Als seine Frau ihn eines Tages korrigierte, meinte er gelassen: „Was macht das schon aus, wenn es nicht wirklich so war. Die Leute wollen einfach etwas Interessantes hören."

Der Vater einer uns befreundeten Familie war ein großartiger Erzähler. Er konnte große und kleine Ereignisse des Tages so interessant, so treffsicher und mit so viel Humor ausmalen, dass seine Zuhörer kaum aus dem Lachen herauskamen. Wenn diese Familie abends auf Besuch kam, dauerte es nicht lange, und wir saßen alle im Kreis um ihn herum, um uns ja nichts entgehen zu lassen. Dann konnte auch Vater, der meistens ernst war, von Herzen lachen.

Schlimm wurde es jedoch, wenn man nur einen Teil der Geschichte mitbekommen hatte und den Rest einfach dazu dichten musste. Besonders wenn es sich um das moralische Leben der lieben Nachbarn handelte, konnten dadurch ganz schlimme Verleumdungen entstehen. Hatte jemand durch solches böse Geschwätz erst einmal seinen guten Ruf verloren, war dieser kaum wiederherzustellen. Wenn die Unschuld des Betreffenden auch erwiesen wurde, blieb immer der Rest eines Verdachtes bestehen.

So kam wieder einmal ein junger Mann, den man eines schweren Vergehens beschuldigte, zu Vater. So sehr er auch seine Unschuld beteuerte, niemand wollte ihm Glauben schenken. Vater hörte sich ihn ruhig an. Dann meinte er, er werde selber Erkundigungen einholen und der junge Mann solle in einer Woche wieder zurückkommen. Als der junge Mann dann wiederkam, meinte Vater: „Diesmal werden wir beide verlieren. Ich glaube an deine Unschuld und werde auch für dich einstehen. Die Sache ist aber inzwischen so sehr ins Gerede gekommen, dass niemand mehr die Wahrheit weiß oder wirklich wissen will. Indem ich mich für dich einsetze, wird man mir auch nicht mehr glauben. Aber so sei es". Für diesen jungen Mann war es genug, dass Vater an seine Unschuld glaubte und bereit war, seinen guten Ruf für ihn in die Waagschale zu werfen. Er meinte später, dass Ältester Isaak mir Glauben schenkte und sich mit mir gleich stellte, war für mich genug. Dann konnte und würde das Leben trotz aller ungerechten Beschuldigungen auch für mich weiter gehen. Erst viele Jahre später, als er die Kolonie längst verlassen hatte, konnte die Unschuld dieses jungen Mannes erwiesen werden.

Gegen üble Nachrede in der Gemeinde und Gemeinschaft musste Vater Zeit seines Lebens ankämpfen.

Die strengen Sittenwächter und -wächterinnen kamen immer wieder zu Vater mit ihren Klagen. Da ließ sich ein junger Mann doch tatsächlich den Bart wachsen. Das sei doch offensichtliche Sünde. Vater meinte dagegen, ein schöner Bart gefalle selbst ihm. Wenn das Sünde sei, hätte Gott den Mann eben ohne Bartwuchs schaffen müssen. So wuchsen die Bärte der Männer ungehindert, bis sie der Hitze wegen wieder abrasiert wurden. Oder die jungen Frauen ließen sich ihr schönes, langes Haar schneiden, was nebenbei gesagt in dem heißen Chaco eine große Erleichterung bedeutete. Auch hier konnte Vater keine Sünde erkennen, und die betreffenden Mädchen und Frauen kamen nicht unter die Gemeindedisziplin.

Bei einer anderen Gelegenheit hatten die Frauen und Männer des Gemeindechores am Strande in Brasilien gebadet, natürlich in entsprechenden Badeanzügen. Vater selber hatte das Salzwasser und die Wellen des Meeres voll genossen. Für einige Mitglieder des Gemeinderates war dies zuviel. Hier müssten strikte disziplinarische Maßnahmen, besonders gegen die weiblichen Teilnehmerinnin ergriffen werden. Vater meinte darauf ruhig, wenn diese aufgebrachten Brüder auch ins Wasser gekommen wären, hätten sie auch am eigenen Leibe die Schönheit von Gottes Schöpfung erfahren. Jetzt aber hätten sie am Strande gesessen und die brasilianischen Badenixen, die mit spärlichen Bikinis bekleidet sorglos vorbei spazierten, angestarrt. Was ihre Fantasie sich dabei alles ausgemalt habe, würden sie schon selber wissen. Es seien aber wohl kaum reine Gedanken gewesen. Denkt an das Wort Jesu, wenn er lehrt, dass wir nicht durch Dinge von außen unrein werden, sondern durch unsere eigenen sündigen Gedanken, die aus unserem Herzen kommen. Damit war das Problem für diesmal gelöst.

Für die Jugend gab es in den Dörfern wenig Unterhaltung. Nur an den Sonntagabenden durfte sie zusammenkommen und verschiedene Gesellschaftsspiele spielen und dazu alte, abgeschmackte Schlager singen. Dieser *Bonsch* war ein Anstoß für die lieben Brüdergemeindler, und sie verboten ihn in den von ihnen kontrollierten Dörfern. Blumenort gehörte zum größten Teil zur Mennonitengemeinde, und hier durfte die Jugend nach Herzenslust *bonschen*. Das zog auch die Jugend der Nachbardörfer an. Da viele von ihnen zur Brüdergemeinde gehörten, übten diese Druck auf Vater aus, das *Bonschen* auch in Blumenort zu verbieten. Als Vater nachgab, wurde er von einem jungen, für seine Jahre sehr reifen (Flüchtlings-) Mädchen zur Rede gestellt. Ob Vater nicht wisse, dass die Jugend der Mennoniten Brüdergemeinde am Sonntagabend als Pärchen in den Busch verschwinde, und dass es dann meistens nicht nur beim *Händchen halten* bleibe. Wenn die Jugend aber offen auf den Höfen ihrer Eltern zum *Bonsch* zusammenkomme, gehe alles sehr harmlos und anständig zu. Vater musste diesem jungen Mädchen Recht geben, und das *Bonschen* wurde in Blumenort nicht verboten.

Als die Miniröcke auch im Chaco Mode wurden, weigerte sich Vater, bestimmte Grenzen zu setzen. Vielmehr meinte er, eine Frau (oder ein Mann) könne auch, wenn sie ihren Körper vollständig verhülle, provozierend wirken. Bei einem Miniröckchen komme es aber wieder auf die Stellung des Herzens an. Das gelte für die Trägerin sowohl als für den Zuschauer.

Hausbesuche gehörten mit zu Vaters Arbeit als Prediger. Meistens wurden sie in den trockenen Wintermonaten gemacht. Wenn wieder ein Dorf dran war, machte er sich schon früh am Morgen auf den Weg. Vater besuchte alle Nachbarn, egal ob sie zur Mennoniten Brüdergemeinde, zur Evangelisch Mennonitischen Bruderschaft oder zur Mennonitengemeinde gehörten. Wenn er an einem Tage mit den Besuchen nicht fertig wurde, blieb er bis zum nächsten Tag. Da er ein guter Zuhörer war und man bald herausfand, dass alles, was man Onkel Isaak erzählte, bei ihm blieb, fasste man allgemein Vertrauen zu ihm. Viele, auch Glieder anderer Gemeinden, kamen zu ihm als Seelsorger.

Als sich die wirtschaftliche Lage in den Kolonien langsam besserte, wurden mehr und mehr junge Menschen auf die Universitäten nach Asunción oder ins Ausland geschickt. Aus dem sehr beschützten, strengen sittlichen Leben in den Kolonien wurden sie mit einem Schlage der säkularen Kultur der großen Welt ausgesetzt. Für manche war dieser Wechsel zu radikal und sie schossen Purzelbäume. Die meisten kamen aber nach einiger Zeit wieder auf ihren Füßen zurecht und erkannten auch das Gute an ihrer Erziehung im Chaco. Als gereifte Männer und Frauen kamen sie wieder zurück in die Kolonien, um hier den von ihnen erlernten Beruf auszuüben. Das Einleben in die oft doch sehr engstirnige Welt der mennonitischen Gemeinschaften im Chaco fiel ihnen dann aber doch häufig schwer. Viele kamen früher oder später zu Vater mit all ihren Fragen, denn sie wussten, dass Ältester Isaak sie ruhig anhören und oft auch weisen Rat erteilen würde. Auch Fachkräfte aus dem Auslande, die in die Kolonien gerufen wurden, um ihren spezialisierten Beruf auszuüben, fanden es sehr schwierig, sich in der mennonitischen Gemeinschaft einzuleben. Manche fanden ihren Weg früher oder später in Vaters Büro, wo sie sich frei aussprechen konnten, denn Vater würde sie nicht nur geduldig anhören, sondern auch manches erklären, was ihnen anfänglich unbegreiflich war.

Als Vater wieder einmal auf Besuch bei einem lieben Bruder war, erzählte dieser ihm sein Dilemma. Er hatte Streit mit einem anderen Bruder im Dorfe, wusste aber, dass er unschuldig sei. Eigentlich hatte nicht er Streit, sondern der Nachbar hatte Streit mit ihm. Vater hörte sich die Geschichte ruhig an, ohne Stellung zu nehmen. Zum Schluss des Besuches betete er jedoch, dass Gott diesem Bruder nach Mt. 18 doch die zusätzliche Kraft und Liebe geben möchte, dass dieser trotz seiner Unschuld zu seinem Nachbarn gehen könnte, um den Streit zu schlichten. Vater hatte noch nicht ganz den Hof verlassen, als dieser Bruder sich auf den Weg machte, um diesen Streit beizulegen. Und durch Gottes Kraft und Liebe gelang es.

Krankenbesuche gehörten mit zu Vaters Verantwortung. Mindestens einmal wöchentlich machte er seine Runde durch das Krankenhaus und besuchte alle Kranken. Wenn die Kranken aber zu Hause waren, galt es, sie in ihren Heimen zu besuchen. Das brachte häufig längere Fahrten mit sich, wenn diese in den entfernten Dörfern lebten.

Zur Arbeit der Prediger gehörte auch der Besuch kleiner Gruppen von Mennoniten, die den Chaco verlassen hatten. Etwa ein Dutzend Familien gründeten das Dorf Horqueta in Ostparaguay. Andere fanden Arbeit und Unterhalt in Asunción. Eine größere Gruppe gründete die Kolonie Friesland. Junge Burschen auf der Suche nach Arbeit gingen nach Bolivien, wo sie auf großen Latifundien oder in Fabriken in den Städten Arbeit fanden. Da das Klima Boliviens in der Nähe von Santa Cruz de la Sierra weit angenehmer ist als das im Chaco, machte eine weitere Gruppe sich auf den Weg nach Bolivien. In der Nähe von Cotoca, etwa 20 km östlich von Santa Cruz, gründeten sie die Kolonie Tres Palmas.

Alle diese Gruppen wurden von den Predigern abwechselnd besucht. Bei diesen Gelegenheiten wurden junge Paare getraut, Taufunterricht wurde gegeben und Tauffeste wurden gefeiert. Am Sonntag wurde gepredigt und in der Woche wurden Bibelstunden abgehalten. Dazu gab es meistens sehr viel seelsorgerliche Arbeit. Solche Reisen dauerten in den Anfangsjahren immer Wochen. Wenn Vater dieser Reisedienst traf, war Mutter wieder allein für den großen Haushalt, den Hof und die Felder verantwortlich.

Als Ältester erstreckte sich seine Wirksamkeit bald auch über die Nachbarkolonien und in die Nachbarländer. Als die Kolonie Neuland gegründet wurde, taufte Vater die Taufkandidaten und half bei der Wahl und Ordination der Prediger. Als man ihn dann auch zum Ältesten dieser Gemeinde anstellen wollte, lehnte er ab. Mit Pferd und Buggy und den damaligen Wegen wäre dies unmöglich gewesen. Dann wurde er nach Brasilien geschickt, um den Kontakt mit den Gemeinden dort aufzunehmen. In einem Tagebuch beschreibt er diese lange und interessante Reise. Die Schwierigkeiten fingen schon in Asunción an, als er das Visum für Brasilien beantragte. Vater war immer noch staatenlos, und der brasilianische Konsul in Asunción musste ein spezielles Visum für ihn bei seiner Regierung beantragen. Die Zeit in Asunción wurde genutzt, um in der Nähe von Asunción liegende Landwirtschaftsbetriebe zu besuchen. Abends wurden Bibelstunden gehalten und Gottesdienste am Sonntag. Tags gab es dann viele seelsorgerliche Gespräche. Während dieser Zeit konnte er auch eine Reise nach Friesland machen, um der Gemeinde dort mit dem Worte Gottes zu dienen. Die lange Abwesenheit von zu Hause machte ihm aber zu schaffen. Nach sieben Wochen des vergeblichen Wartens ist Vater bereit aufzugeben und unverrichteter Dinge wieder nach Hause zu reisen. Er weiß, wie schwer die Verantwortung für Wirtschaft und Familie für seine geliebte Elisabeth ist. In seinen Briefen von Asunción rät er ihr dann auch, doch eine Hilfe für den Haushalt anzunehmen. Endlich bekommt er sein Visum und kann die lange Reise zum Krauel im Staate Santa Catarina in Brasilien antreten. Von Asunción nach Curitiba nimmt er das Flugzeug. Mit Begeisterung beschreibt Vater diese Reise, denn er war vorher noch niemals geflogen. Als Vater dann die mennonitischen Dörfer im wilden Regenwald der brasilianischen Berge besucht, ist es ihm nicht leid, dass er sich in Deutschland bei der Auswanderung nicht für Brasilien entschieden hatte. Wie auf allen Reisen als Reiseprediger sind die Tage auch hier voll ausgefüllt mit Besuchen, Besprechungen mit den Predigern und Diakonen, mit Seelsorge und Predigten. Schließlich kann auch diese Reise erfolgreich abgeschlossen werden.

1948 wird Vater als Vertreter der Gemeinden und auch der Fernheimer Kolonie zur Mennonitischen Weltkonferenz nach Goshen und Newton geschickt. Diese Reise beanspruchte viele Monate, denn bei dieser Gelegenheit besuchte Vater auch viele Gemeinden in Kanada und in den USA. Als Helmut später Pastor der Mennonitengemeinde in Greendale wurde, erinnerten sich manche der älteren Gemeindeglieder noch an Vaters Besuch im Jahr 1948. Es sei gleich nach der großen Überschwemmung im Frasertal gewesen. Auch die Kirche habe zwei Meter tief im Wasser gestanden. Deshalb habe man noch keinen Strom im Gebäude gehabt. So predigte Vater abends im Lichte von zwei Kerzen, die man neben dem Pult auf die Kanzel gestellt hatte. Einige der Glieder dieser Gemeinde kannten Vater und Mutter noch von Russland. In der Memriker Kolonie sei Vater ihr Jugend- und Chorleiter gewesen. Für andere war er Prediger und Seelsorger in Paraguay gewesen.

In einem Sprichwort heißt es, dass der Segen der Eltern den Kindern Häuser baut. Das haben wir als Kinder von Jakob und Elisabeth Isaak immer wieder in unserem Leben erfahren. Wenn es hieß, dass Ältester Isaak unser Vater war, gingen manche Türen auf, die vorher für uns geschlossen waren.

In seinem Bericht auf der MWK über die mennonitische Ansiedlung im Chaco nennt Vater dieses sehr umstrittene Siedlungsprojekt eine Sache des Glaubens. Um in der unwirtlichen Wildnis des Gran Chaco eine wirtschaftlich erfolgreiche Siedlung anzulegen, fehlten praktisch alle entscheidenden Voraussetzungen. Aus Kornbauern sollten Baumwollbauern werden. Bauern, die in Russland in den letzten Jahren schon mit Traktoren sehr erfolgreich gewirtschaftet hatten, sollten dieses unwirtliche Land erst mit Axt und Spaten und später mit Ochsen urbar machen. Als man sich erst selber versorgen konnte, gab es kaum einen Absatzmarkt für ihre Produkte. Vom gemäßigten Klima der Ukraine sollten sie sich an das unberechenbare, äußerst heiße und trockene Klima der grünen, meistens eigentlich braunen Hölle des Chaco Boreal gewöhnen. Dabei war es sehr schwierig, trinkbares Wasser zu finden. Viele starben an den Folgen der schlechten Ernährung und aus Mangel an entsprechender ärztlicher Betreuung.

Aber so wie Israel die Wüste der Sklaverei Ägyptens vorzog, so wählten auch sie über dem einsetzenden stalinistischen Terror die Freiheit des unwirtlichen Chacobusches. So wie der Exodus für Israel an erster Stelle eine Sache des Glaubens war, so war auch für sie das Siedlungsprojekt im Chaco eine Sache des Glaubens. Heute glauben sie, dass Gott es so geführt hat. Vater stellt dann das ganze Siedlungsprojekt unter die Worte des Propheten Jesajas, 55:8-9: „Meine Gedanken sind nicht eure Gedanken und meine Wege sind nicht eure Wege, spricht der Herr;

sondern so viel der Himmel höher ist denn die Erde, so sind auch meine Wege höher denn eure Wege, und meine Gedanken denn eure Gedanken." Vater fährt dann fort: „Indem wir uns unter dieses Wort Gottes beugten und stille werden konnten, wissend, dass wir von Gott geführt wurden, wurde die mennonitische Ansiedlung im Chaco von Paraguay... auch eine Glaubenssache für uns Ansiedler. Und vielleicht war sie es auch von Anfang an für die Brüder im MCC?" Ohne die Hilfe des MCC wäre das Projekt gescheitert. Aber das uns gegebene Versprechen: „Wir stehen zu euch. Ihr könnt immer mit uns rechnen", hat uns in den größten Schwierigkeiten der Anfangsjahre immer den notwendigen Halt gegeben.

Nach 18 Jahren haben wir uns zwar eine wirtschaftliche Existenz geschaffen, das heißt, wir haben genug zum baren Leben. Weiter reicht es aber noch nicht. Die vom MCC geplante Errichtung einer Spinnerei und Weberei könnte unsere wirtschaftliche Lage nicht nur stabilisieren, sondern auch sehr verbessern. Der Preis unserer Baumwolle würde entsprechend steigen, und neue Arbeitsplätze würden entstehen. Mit unseren größten Problemen wie den immer wieder auftretenden Dürreperioden, Hitze und Plagen wie Heuschrecken, Ameisen und Raupen werden wir wohl leben müssen.

Vater und Mutter mit ihren elf Kindern 1948. Nur die großen Jungs in der hinteren Reihe haben schon Schuhe an. Für die jüngeren Kinder reicht es dazu noch nicht.

Gegenüber all diesen Schwierigkeiten stehen dann aber auch positive Werte wie die Freiheit, unseren Glauben frei zu leben, die Wehrlosigkeit, das Recht auf eigene Schulen mit eigenem Stoffplan, die geistliche

Gemeinschaft aller Kinder Gottes, die Planung unserer eigenen Wirtschaft ohne Einspruch vom Staat. Das sind alles Dinge, um die wir gebetet haben, und die Gott uns in überreichem Maße geschenkt hat. Diese Güter haben uns den Chaco lieb und wert gemacht, und diese würden wir heute nicht mehr gegen materielle Vorteile eintauschen wollen.

Die Zuwanderung der Neuländer wird die Lage der Kolonien auf die Länge stabilisieren. Kurzfristig sorgen sie aber für große Schwierigkeiten auf wirtschaftlichem und geistlichem Gebiet. Das MCC darf die Versorgung dieser zerrissenen Familien noch lange nicht aufgeben. Es wird Jahre brauchen, bis die vielen Witwen und Waisen selbständig sein werden. Ein zweites Problem sind die zerrissenen Ehen. Lebt der Mann oder die Frau noch irgendwo in der Verbannung in Sibirien? Die Kinder brauchen einen Vater und die alleinstehende Mutter braucht einen Mann auf der Wirtschaft. Die jungen Männer, die mit dem nächsten Transport kommen werden, brauchen Frauen, um eine Familie zu gründen und eine Wirtschaft aufzubauen. Kann die Mennonitische Weltkonferenz uns hier weiterhelfen? Dürfen wir diese Frauen und Männer trauen, wenn wir nicht wissen, ob ihre Partner schon gestorben sind oder noch irgendwo in Sibirien in der Verbannung schmachten.

Mit der Hilfe des MCC und der von uns und den Mennos inzwischen gesammelten Erfahrung auf wirtschaftlichem Gebiet dürften die zwei neuen Kolonien Neuland und Volendam schneller vorankommen als Menno und Fernheim. Besonders für Volendam sieht Vater eine viel versprechende Zukunft. Das Klima, die Lage und die Bodenbeschaffenheit sind eben in Ostparaguay viel günstiger. Das haben die Friesländer mit harter Arbeit und ohne jegliche Mithilfe in den zehn Jahren ihres Bestehens bewiesen.

Eine weitere Aufgabe für uns im Chaco ist die Indianer-Mission. Das haben wir schon bald nach unserer Ankunft im Chaco erkannt. Gleich in den ersten Jahren haben alle Gemeinden zusammen mit den Friesländern den Missionsbund „Licht den Indianern" gegründet. Durch den Chacokrieg wurde der Beginn der Arbeit bis zum Jahr 1935 verzögert. Zwölf Jahre später konnten die ersten sieben Männer des Lenguastammes getauft werden. Weitere drei wurden in diesem Jahre schon getauft. Wir sind uns dabei voll bewusst, dass unsere Missionsarbeit sich auch auf die ganze Landesbevölkerung erweitern muss. Wir haben inzwischen erkannt, dass Gott uns nicht zufällig in den Chaco geführt hat. Er hatte eine große Aufgabe für uns, und das ist die Evangelisation der Indianer und unserer paraguayischen Nachbarn.

Vater hatte immer das ganze Wohl der Gemeinschaft im Auge. Natürlich oblag ihm an erster Stelle das geistliche Wohl seiner Gemeinden. Er wusste aber sehr gut, dass die Gemeinden auf die Länge nicht be-

Grashütten der Lengua-Indianer, in denen sie lebten, als die Mennoniten in den Chaco kamen.

stehen würden ohne eine gesunde wirtschaftliche Grundlage. Deshalb suchte er beständig nach neuen geistlichen wie wirtschaftlichen Möglichkeiten. Von seinen Reisen brachte er immer wieder neue Pflanzen mit, mit denen er im Chaco Versuche anstellte. Da wurde Kaffee gepflanzt. Als dieser aufging und zu wachsen anfing, stiegen damit auch die Erwartungen. Werden wir endlich wieder echten Kaffee anstatt *Prips* trinken können? Oder er machte Versuche mit verschiedenen Obst- und Beerenarten. Oben auf der Liste standen aber immer echte Kartoffeln.

Süßkartoffeln und Mandioka konnten diese einfach nicht ersetzen. Aber die nächste Dürre- und Hitzeperiode machte diesen Versuchen dann nur zu schnell ein Ende. Auch die Viehzucht, besonders aber die Milchwirtschaft lag ihm am Herzen. Sobald der Busch mit Maschinen gerodet und Kunstweiden angepflanzt werden konnten, kaufte er bessere Milchkühe und war später immer darauf bedacht, deren Produktion zu verbessern. Als das MCC dann die Versuchsstation im Chaco aufbaute, brauchte er viele dieser Versuche nicht mehr selber zu machen. Als es dann gelang, Weizen im Chaco anzubauen, schlugen die Herzen der alten Getreidebauern höher. Man konnte wieder weißes Brot essen, das vom eigenen Weizen in der eigenen Mühle gemahlen war. Auch Vater pflanzte begeistert jeden Winter Weizen. Auf die Länge lohnte sich der Anbau aber nicht und musste wieder eingestellt werden. Vater vergaß dabei niemals, dass seine Hauptaufgabe die Pflege des geistlichen Lebens in der Gemeinde war. Dazu hatte Gott ihn ganz besonders gerufen, und diese Aufgabe stand über allen anderen.

Erste Reihe, vierter von links: Ältester Martin C. Friesen von Menno.

Auch die Beziehungen zu anderen Kolonien und Gemeinden lag ihm am Herzen. So war er eng befreundet mit dem Ältesten Martin C. Friesen aus der Kolonie Menno. Selber beschreibt er den Eindruck, den dieser große Mann auf ihn machte. „Ältester Friesen, der langjährige Leiter der Mennonitengemeinde der Kolonie Menno war ein Mann mit einem festen, biblisch gegründeten Glauben. Er war ein Mann mit zähem Willen und festem Charakter. Treu und mit großer Hingabe diente er seinem Herrn in der ihm anvertrauten Gemeinde. Seine brüderliche Offenheit, seine Schriftkenntnis und Belesenheit und seine schlichte Frömmigkeit, die sich bei unserem Gespräch und gemeinsamem Gebet zeigten, beeindruckten mich und nötigten zur Achtung. Zielbewusst und mit großer Ausdauer bemühten er und seine Mitarbeiter sich, das geistliche Leben in der großen Gemeinde zu fördern. Er darf jetzt, wo er sein Amt aus Gesundheitsgründen niedergelegt hat, mit dankbarem Herzen auf seine erfolgreiche Arbeit zurückschauen."

Vater war es dann auch, der zuerst die Prediger der Menno-Gemeinden zu gemeinsamen Konferenzen nach Fernheim einlud. Die Mennoniten Brüdergemeinden machten anfänglich dabei mit, dann aber organisierten sie ihre eigenen Konferenzen.

Auch mit den Danziger Mennoniten und ihren Predigern nahm Vater bald Beziehungen auf. Diese waren während des Zweiten Weltkrieges von Preußen nach Westdeutschland oder auch Dänemark geflüchtet. In den späten vierziger Jahren wanderten sie dann nach Uruguay aus. Hier gründeten sie erst die Kolonien El Ombú und Gartental und später gründete die zweite Generation von jungen Bauern die Kolonie Delta.

1952 bat die Allgemeinde Konferenz Vater, die Gemeinden in Uruguay zu besuchen und ihnen im Aufbau ihrer Gemeinden beratend zur Seite zu stehen. Zusammen mit Peter Wiens machte Vater sich auf die Reise. In sechs Wochen besuchten sie nicht nur alle Kolonien, sondern auch die meisten der verstreut angesiedelten Mennoniten auf dem Lande und auch in Montevideo. Die Gemeinden Uruguays waren sehr dankbar für diesen Besuch. Endlich konnten sie Beziehungen zu den südamerikanischen Mennonitengemeinden Paraguays und später auch Brasiliens aufnehmen. Es wurde aber auch sehr schnell deutlich, dass diese Gruppen sehr erfahrene und tüchtige Älteste von Preußen mitgebracht hatten, und dass sie ihre Gemeinden schon gut nach preußischem Muster organisiert hatten. Aus diesem Besuch entwickelte sich bald ein reger Briefverkehr mit den Ältesten der Danziger Mennoniten Gemeinden Uruguays.

Es dauerte dann auch nicht lange, und diese kamen auch zu den Konferenzen der Mennonitengemeinden Paraguays, und dann zu den Konferenzen der Mennonitengemeinden Südamerikas. Obzwar manche Brüder in der Gemeinde doch gewisse Bedenken gegen die *Danziger Mennoniten* hatten, denn diese tranken öffentlich Wein und Bier und auf ihren Hochzeiten wurde als ganze Familie auch lustig getanzt, entstand daraus eine gesegnete Zusammenarbeit. Besonders das aufrichtige und auch humorvolle Auftreten des Ältesten Regier, der übrigens noch ausgezeichnet Plattdeutsch sprach, half, alle Vorurteile schnell aus der Welt zu schaffen. Auch die aufrichtige tiefe Frömmigkeit der Ältesten Dau und Dück räumte alle Bedenken schnell aus der Welt.

Nach Vaters erstem Besuch entstand auch mit den Gemeinden in

Brasilien eine rege Zusammenarbeit. Besonders als diese den Krauel verließen und sich in der Nähe von Curitiba neu ansiedelten, wurden gegenseitige Besuche immer leichter und häufiger.

Aus diesen anfänglichen Besuchen entwickelte sich im Laufe der Jahre eine regelmäßige Zusammenarbeit. Erst entstand die Konferenz der Mennoniten Paraguays. Dann kam es zur Gründung der Konferenz der Mennonitengemeinden Südamerikas. Als dann 1956 das mennonitische Seminar in Montevideo, Uruguay, gegründet wurde, war die Konferenz der Mennoniten Südamerikas von Anfang an daran beteiligt.

Vater förderte auch, so sehr er konnte, die Jugendarbeit, erst in der eigenen Gemeinde, und dann über ihre Grenzen hinaus mit den Nachbargemeinden in ganz Paraguay. Später wurden dann gemeinsame Freizeiten und Arbeitslager mit allen Jugendlichen Paraguays, Brasiliens und Uruguays durchgeführt.

In seinem Vortrag über die Aufgabe der Hirten der Gemeinde weist Vater auch auf die Gefahren politischer Strömungen und Ideologien hin. So abgeschieden und verloren die Mennonitenkolonien auch in der Wildnis des paraguayischen Chaco lagen, so wurden sie doch von den großen politischen Strömungen des zwanzigsten Jahrhunderts nicht verschont. Auch der Nationalsozialismus erreichte die Mennoniten im Chaco und verursachte eine der schwersten Krisen Fernheims. Plötzlich sollten alle Siedler Deutsche sein und sich so schnell wie möglich als solche einbürgern lassen. Zehn Jahre früher wollte man in Russland aus politischen Gründen Holländer sein. Jetzt sollten alle plötzlich aus politischen, eigentlich mehr pragmatischen Gründen Deutsche werden. Aber wie wichtig, oder nicht wichtig war die Staatsbürgerschaft in einem gegebenen politisch unabhängigen Staate für Mennoniten eigentlich? Wenn man als Kind Gottes Bürger in seinem Reiche ist, ist das nicht genug? Sind wir nicht als Christen alle nur Pilger auf dieser Erde? Geht es nicht an erster Stelle um die Verwirklichung der Gottesherrschaft hier und heute mitten in dieser Welt und dann erst um die politischen Strukturen der Reiche dieser Welt? Hatten nicht schon Menno Simons und die Täufer die Zwei-Reiche-Lehre Luthers abgelehnt? Als wiedergeborene Kinder Gottes sind wir an erster Stelle Bürger der Gottesherrschaft. An den Reichen dieser Welt machen wir nur so weit mit, wie es für unsere Existenz unbedingt notwendig ist. Während die Schweizer Brüder die radikale Trennung von den Mächten dieser Welt forderten, hielt Menno die Möglichkeit einer christlichen Gesellschaft mit einer christlichen Obrigkeit Zeit seines Lebens offen. In so einem christlichen Staat würde das Wort Gottes, so wie es von den Lehrern der Gemeinde ausgelegt und gelehrt wurde, höchste Autorität sein. Schon in Russland, aber noch mehr im Chaco, wo die Mennonitenkolonien praktisch wie ein Staat im

Staate organisiert wurden, konnte sich diese Vision Mennos wie nie zuvor entfalten.

Als Harold Bender 1930 auf der Mennonitischen Weltkonferenz in Danzig über die Not der Mennoniten Russlands berichtete, wurden Auswege gesucht. Bender schlug damals vor, alle mennonitischen Flüchtlinge im Chaco Paraguays anzusiedeln. Hier könne man einen mennonitischen Staat gründen. Da der Chaco praktisch unbesiedelt sei und Paraguay nur zu gerne die bewährten Pioniere im Lande aufnehmen wolle, könne damit das Problem der staatenlosen russischen Mennoniten gelöst werden.

Als das Täufertum 1525 in Zürich entstand, hing das Bürgerrecht in den einzelnen Ländern des *Corpus Christianum* an erster Stelle von der rechten christlichen Taufe in der römisch-katholischen Kirche ab. Wer nicht vom Priester in der römisch-katholischen Kirche als Kind richtig getauft worden war und einen christlichen Namen bekommen hatte, war rechtlos, staatenlos und wurde wie ein Heide oder Türke angesehen. Für so einen gab es im christlichen Europa, dem *Corpus Christianum*, dem Leib Christi, keine Möglichkeit zum Leben. Damit, dass die Täufer die Kindertaufe nicht als wirkliche Taufe anerkannten und auch ihre Kinder nicht mehr taufen ließen, verloren sie auch das Recht, Bürger in ihren jeweiligen Heimatländern zu sein. Sie verloren nicht nur Hab und Gut, sondern auch das Recht, im römisch-katholischen Europa zu leben. Als sie dann noch die Taufe auf das persönliche Zeugnis des Glaubens einführten, wurden sie zu schlimmen Ketzern und zu gefährlichen Feinden des christlichen Europas erklärt, für die die Todesstrafe auf dem Scheiterhaufen, mit dem Schwert, oder durch Ertränken, gerade gut genug war.

Es waren diese rechts- und staatenlosen Wiedertäufer, die aus den verschiedenen Ländern Europas ab den 1530er Jahren nach Preußen flüchteten. Hier wurden sie von den polnischen Edlen geduldet, weil sie das Überschwemmungsgebiet des Weichseldeltas für sie urbar machten. Das Bürgerrecht ihrer Heimatländer hatten sie verloren. Auch polnische Bürger wurden sie nicht.

Als die verschiedenen Gruppen in Preußen immer mehr miteinander verschmolzen und Plattdeutsch zur allgemeinen Sprache wurde, entwickelten sie ein neues eigenartiges Selbstbewusstsein. Sie waren nicht mehr Deutsche, Niederländer, Schweizer oder Österreicher. Allerdings hielten die niederländischen Taufgesinnten, so wie es sich für gute Mennoniten geziemt, noch durch Generationen an der Spaltung zwischen Friesen und Flamingern fest. Ihrem Glauben nach nannten sie sich aber bald alle Mennoniten. Wer nicht richtig auf das Zeugnis seines Glaubens getauft war, gehörte nicht zu dieser exklusiven mennonitischen Gemeinschaft. Wiederum, wie vorher im *Corpus Christianum*, wurde die richtige Taufe, diesmal aber die Erwachsenentaufe, entscheidend für die Zugehörigkeit zur *mennonitischen* Gemeinschaft, oder zum *Mennonitischen Corpus Cristianum*. Als dann in Russland nach dem Willen der russischen Regierung geschlossene mennonitische Kolonien mit weitgehender Selbstverwaltung angelegt wurden, konnte man auch hier, genauso wie im Corpus Christianum, nur Land erwerben, heiraten und Bürger werden, wenn man richtig *mennonitisch* getauft war. Interessant, aber eigentlich nicht wirklich überraschend ist dann auch, dass man in Russland anfängt, von unserem *mennonitischen Völklein* zu reden. Dieses *mennonitische Völklein* bestimmt dann auch mehr und mehr die Identität ihrer Mitglieder. Da die Kolonien weitgehend autonom verwaltet wurden, genügte es für die meisten, dass sie sagen konnten: Wir sind Mennoniten, weil wir richtig getauft sind. Die richtige Form der Bekehrung und der Taufe kam dann unter dem Einfluss des Pietismus und Baptismus noch dazu.

Als der Nationalsozialismus von einigen jungen Hitzköpfen, die in den dreißiger Jahren in Deutschland studiert hatten, auch nach Fernheim getragen wurde und die sogenannte *völkische Bewegung* entstand, stieß diese zuerst auf Unverständnis. Wir sind doch das *mennonitische Völklein* und in Paraguay eigentlich ein mennonitischer Staat im Staate. Wir waren niemals Polen, Deutsche, oder Russen. Jetzt leben wir in Paraguay, also müssen wir wohl auch Paraguayer sein. Unsere Dazugehörigkeit zum neuen Volke Gottes ist für uns weit wichtiger als die paraguayische oder deutsche Staatsangehörigkeit. Als dann aber von der Möglichkeit einer Rückwanderung in die Ukraine unter deutscher Herrschaft die Rede war, horchten viele doch auf. Und das kann man ihnen beim besten Willen nicht verdenken, denn die wirtschaftliche Lage im Chaco war Ende der dreißiger Jahre immer noch sehr schwer, wenn nicht sogar hoffnungslos. Wer würde nicht wieder in seinen schönen Hof in Südrussland einziehen und dort wieder nach Herzenslust wirtschaften wollen? Wenn der Kommunismus besiegt und die Ukraine ins Deutsche Reich eingegliedert würde, wer würde dann nicht Deutscher werden wollen? Als dann aber deutlich wurde, dass im Dritten Reich keine Wehrlosen geduldet würden, schreckten viele wieder zurück.

Es gelang den Führern der *völkischen Bewegung* dann, die Bedenken vieler Fernheimer dadurch zu überwinden, dass sie gut lutherisch und auch pietistisch den Glauben von den politischen Zielen und Strukturen des Dritten Reiches trennten. Niemand durfte die Echtheit ihrer Bekehrung und ihres Glaubens in Frage stellen. Vor den Brüdern und in der Gemeinde legten sie bewegende Zeugnisse von ihrem Glauben ab. Hitler aber wurde in ihren Berichten zu einem frommen, gottesfürchtigen Christen. Dass er aber mit rücksichtsloser Gewalt gegen die Feinde des Reiches vorgehen musste, war einfach Realpolitik und hatte nichts mit seinem persönlichen Glauben an Jesus Christus zu tun. Wieder aus pragmatischen Gründen passte vielen die 'Zwei-Reiche-Lehre' Luthers, die sie als Täufer-Mennoniten doch immer radikal abgelehnt hatten, jetzt ausgezeichnet.

Das *mennonitische Völklein* wehrte sich gegen diese neuen Strömungen zuerst mit seinem Privilegium. Besonders die *privilegierte* Wehrlosigkeit in Paraguay wollte man auf keinen Fall verlieren. Dass man dann aber als *Edelbauern* in der Ukraine das Land mit der Waffe in der Hand würde bearbeiten und verteidigen müssen, brachte manche doch zum Nachdenken. Vater wusste aus eigener Erfahrung, wie es mit der sogenannten Wehrlosigkeit des *mennonitischen Völkleins* stand. Er wusste nur zu gut um den Selbstschutz in Russland. Als er sich später im kommunistischen Russland vor dem Richter für seine Wehrlosigkeit verantworten musste, stellte dieser ihm die heikle Frage: „Wenn du so radikal jegliche Gewalt ablehnst, was würdest du tun, wenn wilde Banden in dein Haus eindringen würden um deine Frau zu schänden und deine Kinder zu morden?" Vater beantwortete diese Frage aufrichtig mit der Antwort: „Was ich in diesem Falle tun würde, weiß ich nicht." Darauf lächelte der Richter, lobte ihn für seine aufrichtige Antwort und ließ ihn wieder nach Hause gehen.

Vater und Mutter waren und wurden niemals Deutsche. Wenn schon, dann sprachen sie von ihrer russischen Heimat, aber niemals von einer deutschen. Als ihnen der deutsche Pass und damit die deutsche Staatsbürgerschaft angeboten wurde, lehnten sie ab. Für die ersten Jahrzehnte in Paraguay blieben sie staatenlos.

Vater und Mutter mit ihrer Familie machten mit der *völkischen Bewegung* nicht mit. Als die Zentralschule auch unter den Einfluss der Nationalsozialisten geriet, nahm Vater seine Jungen aus der Schule. Wenn er aber vom *völkischen* Jugendbund eingeladen wurde um zu sprechen, dann lehnte er nicht ab. Er nutzte diese Gelegenheiten vielmehr, um von einem anderen Reiche zu predigen. Dann konnte er diesen jungen Menschen Jesus Christus, den Herrn Himmels und der Erde, verkündigen. Dessen Reich, das schon mitten unter uns ist, ist nicht von Menschenhänden gemacht. Es wird nicht mit den Waffen der Kriegsheere dieser Welt erobert oder verteidigt. Seine Waffen sind das klare Evangelium von Jesus Christus, die göttliche Gerechtigkeit, seine Wahrheit und der Friede, den kein Krieg überwinden kann. Diese Waffen töten nicht, sondern schaffen volles und ewiges Leben. Als Kind Gottes wusste Vater sich auch Bürger dieses Reiches. Dem Herrn dieses Reiches diente er mit bedingungslosem Gehorsam. Dessen Reich war ein ewiges Reich. In seinem Leben hatte Vater schon den Fall zweier Kaiserreiche erlebt. Er kannte genug von der Geschichte der Völker um zu wissen, dass menschliche Reiche kommen und vergehen. Auch das Dritte Reich, wie alle Reiche vor ihm, würde kein ewiges Reich sein. Wie absolut die Diktatur Hitlers war, und wie unmenschlich das Dritte Reich mit den Juden und anderen Minderheiten umging, dass merkten die meisten Fernheimer erst, nachdem es vorüber war. Es wird berichtet, dass Vater den Krieg Deutschlands schon 1942 für verloren erklärte, als er vom Schicksal der Juden im Dritten Reich erfuhr.

Inzwischen wurde der Streit um den Nationalsozialismus im Chaco immer rücksichtsloser. Wie es unter Mennoniten schon immer üblich war und ist, bildeten sich bald verschiedene Gruppen innerhalb der *völkischen Bewegung*, die sich gegenseitig bekämpften. Als dieser Streit am 11. März 1944 in Gewalttätigkeiten ausartete, wollte auch von Blumenort eine Gruppe junger Männer nach Filadelfia fahren. Als Vater davon hörte, stellte er sich ihnen mitten auf der Straße in den Weg mit den Worten: „Ihr fahrt heute nicht nach Filadelfia." Das war alles. Sie fuhren nicht nach Filadelfia. Als Vater dasselbe mit einer anderen Gruppe im Nachbardorf versuchte, hörten diese nicht auf ihn und fuhren zu ihrem späteren Leidwesen trotzdem.

Als die ganze nationalsozialistische Bewegung dann in Fernheim zusammenbrach, fingen die Beschuldigungen an. In einem Brief an einen Freund in Kanada schrieb Vater: „Wir haben alle gesündigt." Obwohl er mir seiner Familie nicht mitgemacht hatte, verhielt er sich doch solidarisch mit allen Fernheimern. Aber dabei ließ er es nicht. Viel Unrecht war geschehen und viele Wunden waren geschlagen worden. Es musste vermittelt werden. Endlose Gespräche wurden geführt. Letzten Endes ging es um nichts weniger als um die Zukunft Fernheims, denn eine zerrissene Gemeinschaft konnte im Chaco nicht überleben. Schließlich konnte man Versöhnung feiern, aber nicht alle machten dabei mit. Auch mit den verbannten Führern der *völkischen Bewegung* führte Vater rege Korrespondenz und besuchte diese auch persönlich, wenn es ihm möglich war.

1937 wurde Ältester Abram Harder als Leiter der Mennonitengemeinde Fernheims gewählt. Durch die Abwanderung der Friesländer war die Gliederzahl der Gemeinde stark gefallen. Aber die Gemeinde hatte in den Jahren einen starken Gemeinderat aufgebaut mit neun Predigern, vier Diakonen, einem Buchhalter und einem Sekretär. Mit diesem Mitarbeiterstab ging Ältester Harder jetzt an die Arbeit. Wenn der neue Gemeinderat monatlich für einen ganzen Tag zusammenkam, gehörte auch die Weiterbildung seiner Glieder mit zum Programm. Das zahlte sich auf die Länge aus.

Als Ältester Harder 1944 sein Amt niederlegte, wurde Prediger Jakob Isaak zum Gemeindeleiter gewählt. Die Ordination zum Ältesten lehnte Vater jedoch noch ab. Die Leitung der Gemeinde brachte zusätzliche Arbeit und Verantwortung für Vater und noch mehr für Mutter. Da Vater jetzt beinahe täglich unterwegs war, fiel die Führung des Haushaltes und auch der Wirtschaft auf sie. Eigentlich hätte er nach Filadelfia ziehen müssen, wo die meisten Sitzungen und Programme stattfanden. Aber das war aus mehreren Gründen nicht möglich. In Filadelfia gab es keine Wirtschaften. Vater wurde für seine jetzt vollzeitige Arbeit in der Gemeinde nicht entschädigt, obzwar der jeweilige Gemeindeleiter einen kleinen Zuschuss zur Deckung seiner Unkosten von der Allgemeinen Konferenz bekam. Zur Deckung ihrer materiellen Bedürfnisse war die große Familie vollständig von der Wirtschaft abhängig so wie alle anderen Nachbarn auch. Zusätzlich zu seinem freiwilligen Dienst in der Gemeinde brauchte Vater noch ein volles Gespann. Ein Paar Pferde mit dem Buggy und einem vollen Futtersack mussten praktisch fünf Tage in der Woche für ihn bereitstehen. Das ging zusätzlich auf Kosten der Wirtschaft. Ohne seine Wirtschaft konnte Vater seinen Dienst aber nicht tun, und seine große Familie hätte einfach nichts zum Leben gehabt. Seine Elisabeth mit der ganzen Familie produzierte das notwendige Einkommen, damit die Familie zu leben hatte und damit Vater seinen Dienst in der Gemeinde tun konnte. Also musste Vater weiter mit dem Buggy zur Arbeit nach Filadelfia fahren. Allerdings muss hier bemerkt werden, dass Glieder der Gemeinde immer wieder mal einen Sack mit Kafir auf seinen Buggy luden, ohne dass dieser wusste, von wem dieser Beitrag gekommen war. Weiter muss hier auch gesagt werden, dass Vater für seine Arbeit nicht mit einem Gehalt entschädigt werden wollte. Sein Dienst, und das schloss die ganze Familie mit ein, war und blieb ein freiwilliger. Und wir Kinder können heute sagen, dass dieser Dienst keinem von uns geschadet hat. Wir waren nicht ärmer oder reicher als der Rest der Gemeinde. Dank der guten Führung der Wirtschaft durch Mutter und Vater und der vielen Jungen und Mädchen in der Familie konnten wir mit der wirtschaftlichen Entwicklung unserer Nachbarn im allgemeinen Schritt halten.

Die Sitzungen des Gemeinderates fanden, bis der Bau der ersten Kirche in Filadelfia fertig war, immer in den Heimen der jeweiligen Glieder des Vorstandes statt. Da diese Besprechungen immer den ganzen Tag in Anspruch nahmen, musste die jeweilige Hausfrau für das Mittagessen sorgen. Meistens gab es bei den Isaaks dann Hühner- oder richtiger Hähnchenbraten mit Reis, Süßkartoffeln oder Mandioka. Wenn die Buggys auf den Hof rollten, ahnten unsere Hähnchen Unheil und verschwanden im nahen Busch. Mit Hilfe unseres Hofhundes wussten wir sie jedoch aufzuspüren, und früher oder später fanden sie alle ihren Weg in Mutters Kochtopf.

Vater war ein geborener Landmann, der gerne zu Hause auf der Wirtschaft geblieben wäre. Er wusste nur zu gut, wie nötig ihn seine große Familie zu Hause brauchte. Hatte er überhaupt Zeit für seine große Kinderschar? Forderte er nicht zuviel von seiner Elisabeth und von seinen Kindern. Wenn er dann gelegentlich meinte, er würde diesmal nicht zur Konferenz ins Ausland fahren, dann ermutigte Mutter ihn, doch zu fahren, denn sie wusste, wie nötig er überall gebraucht wurde. Mit den Kindern zusammen würde sie schon mit der Wirtschaft fertig werden. Das machte ihm oft viel zu schaffen. Arbeitete er nicht mehr als Vollzeit in dem Weinberge des Herrn? Dass Gott diese Arbeit geistlich segnete, war keine Frage. Aber sollte Gott nicht auch für die materiellen Bedürfnisse seiner Familie sorgen? Warum mussten seine Elisabeth und die Kinder sich auf dem Hof und auf den Feldern abschinden, während er Predigten vorbereitete, Besuche machte, Besprechungen leitete und für andere Menschen da war, ohne dass er für diese Arbeit entschädigt wurde? Warum musste er sich mit den Schwierigkeiten anderer herumschlagen, wo seine eigene Familie ihn oft so bitter nötig brauchte?

Wie nötig seine Kinder ihn wirklich brauchten, beweist folgende Geschichte. Einer seiner Jungen, Helmut, war sitzengeblieben und musste die dritte Klasse der Volksschule wiederholen. Die Rechtschreibung der deutschen Sprache machte ihm einfach keinen Spaß. Als er wieder einmal ein Diktat für den folgenden Tag vorbereitete, setzte Vater sich zu ihm. Als er ihm das Stück diktierte, waren viel zu viele Fehler darin. Der Junge war dem Weinen nahe. Vater meinte ruhig: „Wollen wir es noch einmal versuchen!" Geduldig erklärte er seinem Jungen einige der schwierigen Wörter und ihre richtige Schreibweise. Dann diktierte er ihm das Stück noch einmal, und siehe da, es waren kaum Fehler da. Dieser Junge hatte niemals mehr *ungenügend* in Rechtschreibung. Es war genug für ihn, dass sein Vater sich einmal in seinem Leben zu ihm gesetzt hatte, um ihm mit seiner Schularbeit zu helfen.

Vater wusste wohl, welch eine unschätzbare Hilfe er in seiner geliebten Elisabeth hatte, denn sie machte seine Arbeit in der Gemeinde erst wirklich möglich. Zusammen mit ihren Jungen auf den Feldern und den Mädchen im Haushalt ging sie jeden Morgen frohgemut an die Arbeit. Sie war eine großartige Landwirtin, die jedem ihrer Kinder die entsprechende Arbeit zuteilte und dafür sorgte, dass diese auch ausgeführt wurde. Wenn in der Erntezeit noch zusätzlich über ein Dutzend Arbeiter gefüttert werden mussten, dann ging das alles auch. Von früh morgens bis spät in der Nacht war sie an der Arbeit. Wenn die Arbeit auf den Feldern getan war, saß sie noch lange beim spärlichen Lichte der Kerosenlampe und besorgte die Wäsche. Hemden, Hosen und Kleider mussten geflickt, genäht, gewaschen und gebügelt werden. Das Surren der Näh-maschine gehörte mit zur Nachtmusik der Kinder. Geflickte Hosen wa-ren für uns damals noch keine Schande, solange sie sauber waren.

Vater hatte nur drei Hemden. Davon hatte er eines an, eines war in der Wäsche und eines hing auf der Wäscheleine zum Trocknen. Wenn dann tagelang Nieselwetter herrschte, wie es in den Wintermonaten immer wieder vorkam, dann trocknete das Hemd auf der Leine, selbst wenn es schon unterm Dach oder sogar in der Küche aufgehängt wur-de, beim besten Willen nicht. Mutter wusste auch hiermit Rat. Es musste dann eben trocken geplättet werden. Am nächsten Morgen musste sie dann eben schon um vier Uhr morgens aufstehen und ein kräftiges Feu-er von Hartholz im Herd anlegen. Nach etwa einer Stunde konnte sie dann die glühenden Kohlen ins gusseiserne Plätteisen legen, und die Arbeit an Vaters nassem Hemd konnte beginnen. Wenn Vater dann um sechs aufstand, war das frisch geplättete, noch warme Hemd wieder für ihn bereit.

Als Vater bei solchem Wetter wieder einmal spät nach Hause kam, hatte er nur den Mantel an. Auf Mutters Frage, wo denn das Hemd ge-blieben sei, meinte er, er habe es einem der anderen Prediger gegeben, denn dieser habe keines gehabt. Dieser habe es eben notwendiger ge-braucht als er, der mehr als nur eines habe.

Diesmal brach Mutter in Tränen aus.

Vater war immer unterwegs, ob es heiß oder kalt, trocken oder nass war. Auf seine Pferde konnte er sich verlassen. Wenn er sich spät am Abend wieder auf den Heimweg machte, fanden die Pferde den Weg allein nach Hause. Er konnte die Leine festmachen und ruhig einmal ein-nicken. Bei einer dieser Gelegenheiten wurden sie von einem heftigen Gewitter überrascht. Da Vater fest schlief und das Gewitter immer stär-ker wurde, drehten die Pferde einfach aus eigener Initiative auf einen ihnen wohl bekannten Hof im Nachbardorfe und fanden unter dem Da-che der Scheune Schutz vor Sturm und Regen. Als Vater aufwachte, war das Unwetter vorüber und er konnte seinen Weg nach Hause fortsetzen. Es brauchte aber doch einige Minuten, bis er sich zurechtfand.

Es kam auch vor, dass Vater schlief, wenn sie nach Hause kamen. Die Pferde blieben dann einfach vor dem geschlossenen Hoftor stehen und warteten bis Vater aufwachen würde. Meistens brauchten sie nicht lange zu warten, denn Mutter hatte den Buggy schon längst gehört und öffnete ihm dann das Tor. Wenn das nicht der Fall war, dann bellte unser Hofhund so lange, bis Mutter oder Vater aufwachten und der lange Tag endlich sein Ende fand.

Mit diesem Hofhund hatte es so seine Eigenheiten. Wir Kinder wa-

Von links: Hartmut, unser Hofhund Greif, Hans und Helmut.

ren alle beste Freunde mit ihm. Tags konnten wir gehen und kommen, er würde unserethalben niemals bellen. Nur am Sonntagabend, wenn wir großen Jungen spät nach Hause kamen, bellte er so lange unter Vaters Fenster im Schlafzimmer, bis dieser sicher aufwachte. Mit einem freundlichen „Willkommen zu Hause!" von Vater konnten wir zu Bett gehen. Am nächsten Morgen war Vater dann schon viel früher als gewöhnlich an unserem Fenster mit den Worten: „Na Jungs, wenn ihr so wenig Zeit zum Schlafen braucht, dann können wir ja schon mit der Tagesarbeit beginnen." Niemand wagte zu protestieren.

Vater wurde sehr bald in die verschiedenen Komitees der Gemeinde gewählt. Dann kamen die lokalen und die internationalen Konferenzen. Auch die KfK wusste ihn als Mitglied und als Leiter sehr zu schätzen. Eine harmonische Zusammenarbeit mit den anderen Gemeinden lag Vater immer ganz besonders am Herzen. Obzwar die Mennonitengemeinde von Anfang an in der KfK mitarbeiten durfte, wurde ihre Existenz als Gemeinde anfänglich doch oft in Frage gestellt. Andererseits gab es den recht bekehrten und recht getauften Gliedern der reinen Gemeinden immer die Gelegenheit, sich mit dieser *unreinen* Gemeinde zu vergleichen. Dabei schnitten sie dann immer glänzend ab. Die rechte Bekehrung und Taufe der *Kirchlichen* blieb dann auch im Chaco noch für viele Jahre eine der Hauptmissionen der Mennoniten Brüdergemeinde.

Nachdem Vater vier Jahre die Gemeinde geleitet hatte, war er bereit für die Ordination zum Ältesten. Was ihn dazu führte und wie er darüber fühlte, beschreibt er selber in seiner hier gekürzt wiedergegebenen Antrittsrede:

„Liebe Gemeinde! Von einem berühmten Gelehrten habe ich gelesen, dass er eines Tages gerufen wurde, um die Leiche eines hingerichteten Verbrechers zu sehen. Nachdem er das Gesicht des Toten längere Zeit betrachtet hatte, richtete er sich mit folgenden Worten an seine Studenten: ´Dank der großen Gnade Gottes, die mir in Jesus Christus geschenkt wurde, stehe ich heute vor euch als Professor. Ich könnte sonst gerade so wie dieser Verbrecher als Leiche heute vor euch liegen. Denn dieser Mann, der so traurig geendet hat, war mein Jugendgespiele. Mit ihm zusammen wuchs ich auf. Zusammen besuchten wir die Schule. Nun liegt er hier als hingerichteter Verbrecher und ich stehe vor euch als der vielberühmte Professor Heim.´

Ähnlich so geht es mir auch heute, wenn ich an meinen Lebenslauf denke. Die meisten meiner Geschwister und Jugendfreunde wurden ermordet, verbannt oder sind heute recht- und heimatlos. Unter den Wenigen, die gerettet wurden, bin auch ich mit meiner Familie. Was ist's anderes als eine besondere Gnadenerweisung Gottes.

Wenn ich dann weiter an Gottes Führung in meinem Leben denke, dann muss auch ich immer wieder bekennen: Von Gottes Gnaden bin ich was ich bin. Einst war auch ich ein von Sünden gebundener Mensch. Nun aber bin ich durch den Glauben an Jesus Christus ein freier Mensch und ein frohes Kind Gottes. Und das ist nicht genug. In seiner großen Gnade hat Gott mich in seinen Dienst gerufen. Er hat mich gewürdigt, sein Mitarbeiter in seinem Reiche, in seiner Gemeinde hier auf Erden zu werden. Und das nicht aus Verdienst, sondern nur aus Gnade.

Wenn ich an die erste Zeit meines Dienstes zurückdenke, dann kommen mir die vielen Gelegenheiten ins Gedächtnis, wo ich im Bewusstsein meiner Schwäche zu Gott geschrieen habe: Herr, was soll ich predigen? Was willst Du, dass ich reden soll? Und Gott hat mir geholfen. Ich weiß, was es bedeutet: Seine Kraft ist in mir schwachem Menschen mächtig geworden. Besonders wurde mir meine Abhängigkeit von Gottes Kraft bewusst, als mir die Leitung der Gemeinde anvertraut wurde. Auch heute, wo ihr mir noch mehr Verantwortung anvertraut habt, muss ich mich mit dem Apostel Paulus meiner Schwäche rühmen, auf dass die Kraft Christi in mir mächtig werde. Denn von Gottes Gnaden bin ich, was ich bin. Ich weiß sehr gut, dass ich meine Aufgabe als Ältester niemals aus eigener Kraft vollbringen kann. Ich kann es nur in der Kraft Jesu Christi und mit eurer Unterstützung tun. Darum betet für mich, betet für meine liebe Frau und betet auch für unsere Familie, damit wir alle zusammen unter der Leitung des Heiligen Geistes wandeln und handeln könnten.

Noch etwas möchte ich heute sagen. Wenn ich heute zum Ältesten ordiniert worden bin, so geschah es nicht, um diese besondere *Würde* zu erhalten, sondern einzig und allein, um euren und Gottes Segen zu diesem schweren Dienst zu erhalten. In meiner Arbeit als Leitender hat mir die biblische Bestätigung zu diesem besonderen Dienst oft gefehlt. Es geschah auf euren Wunsch und ich danke euch heute für euer Vertrauen und euren Segen für meine Arbeit. Möge Gott mir helfen, in der Ausführung dieses Dienstes treu zu sein.

Aus Gottes Gnaden bin ich, was ich bin. Ich bin Gottes, und darum auch euer aller Diener. Unser Verhältnis zueinander bleibt dasselbe. Bitte redet mich nicht als Ältesten an, sondern schlicht und einfach als Bruder, denn im Herrn sind wir ja alle Brüder und Schwestern. Selbst Paulus schreibt in 1.Kor. 3:5: „Wer ist Paulus? Wer ist Apollo? Diener sind sie". Weiter sagt der Herr Jesus bei einer Gelegenheit: "Wer unter euch der Größte sein will, der sei euer aller Diener." Damit ist mir, und meine Frau stimmt mir darin zu, meine Aufgabe sehr klar gezeigt. Euer aller Diener, das bin ich und das möchte ich euch allen, als Brüder und Schwestern, von Herzen sein. Darauf könnt ihr euch Tag und Nacht berufen. Auch unser Haus soll jedem zu jeder Zeit offen stehen.

Ich bin auch nicht Herr über euren Glauben, sondern wie Paulus in 2.Kor. 1:24 sagt: „Gehilfe eurer Freude." Das möchte auch ich für euch alle sein: Gehilfe eurer Freude, der Freude am Herrn. Mehr und mehr möchte ich es lernen Handlangerdienste zu tun. Ich will lernen zu den Müden zu reden, den Verzagten Mut zuzusprechen und die Sünder zu Jesus zu führen.

Wir wollen die Gemeinde auf ihrem Grundstein, welcher ist Jesus Christus, 1.Kor. 11, bauen. Wir wollen sie nicht auf Menschensatzungen bauen, die am Tage des Gerichtes nicht bestehen werden. Unser Streben soll sich auf ewige Werte richten, auf dass wirkliche Früchte des Geistes unter uns wachsen möchten. Daran mitzuarbeiten lade ich auch unsere Jugend ein.

Heute freuen wir uns ganz besonders, dass wir schon seit einer Reihe von Jahren in Eintracht und Liebe mit der Mennoniten Brüdergemeinde und auch der Evangelisch Mennonitischen Brüdergemeinde zusammen die Missionsarbeit unter den Indianern betreiben können, und so soll es auch weiter geschehen. Liebe Brüder und Schwestern, lasset uns auch weiter Schulter an Schulter im Werke des Herrn stehen.

Der Herr ist uns gnädig gewesen und Er ist es heute noch. Er wolle auch ferner mit uns sein und uns leiten. Betet mit mir, wie einst Mose betete: „Habe ich Gnade vor deinen Augen gefunden, so lass mich deinen Weg wissen, damit ich dich kenne und Gnade finde vor deinen Augen. Amen."

Die Kommission für Kirchenangelegenheiten, kurz KfK, war und ist eine Dachorganisation, in der alle drei Gemeinden Fernheims vertreten waren und sind. Alle gemeinsamen Angelegenheiten, seien es religiöse, kulturelle oder wirtschaftliche Fragen wurden von diesem Komitee besprochen und überwacht. In allen gemeinsamen Fragen des Lebens der Siedler beanspruchte diese Kommission letzte Autorität. Ohne die Bestätigung dieser Kommission konnte kein Lehrer und kein Beamter der Kolonieverwaltung angestellt werden. Selbst der Oberschulze musste sich vor dieser Kommission verantworten, wenn Unregelmäßigkeiten in der Verwaltung vorkamen oder er wieder einmal zu selbständig gehandelt hatte. Auch von Vater wird berichtet, dass er als Leiter der KfK gelegentlich ins *Amt* ging, um den jeweiligen Oberschulzen zur Rede zu stellen oder ganz einfach zu erklären: So geht es nicht. Als christliche Gemeinschaft handeln wir nicht mit geschmuggelten Gütern, auch wenn wir diese weit billiger kaufen und verkaufen können. Wir machen mit der allgemeinen Korruption unseres Landes nicht mit, wenn es auch häufig nicht leicht ist, eine klare Grenze zu ziehen. Vater blieb bei diesen Unterredungen immer sachlich. Er wusste das jeweilige Problem immer von der Person zu scheiden. Weil er die betreffende Frage auch zu seiner eigenen machte, konnte man gemeinsam nach Lösungen suchen. Dadurch wurde die gute Zusammenarbeit zwischen KfK und Verwaltung dann auch gestärkt.

Erste Kirche der Mennonitengemeinde Fernheim. Auf der Wiese im Vordergrund steht heute das Altenheim Abendfrieden.

Der Bau einer Kirche wurde schon 1932 beschlossen, aber die Gemeinde hatte einfach nicht die notwendigen Mittel, um mit dem Bau zu beginnen. Als Vater dann 1948 die Gemeinden in Kanada und in den USA besuchte, konnte er bei einzelnen Gemeinden und Konferenzen Anleihen machen, um dann 1949 mit dem Kirchbau zu beginnen. Anderthalb Jahre später, am 31. Dezember 1950, konnte die Kirche eingeweiht werden. Die letzten Bauschulden konnten aber erst 1965 abgezahlt werden. Dieses Gotteshaus hat sich als ein wahrer Segen für die Gemeinde und auch für die Fernheimer Gemeinschaft erwiesen.

Vater mit seinem alten Lieferwagen vor dem Eingang der neuen Kirche.

1958 bekam Vater von Freunden in Kanada einen Volkswagen Kombi, auf Deutsch einfach *Lieferwagen* für seine Arbeit geschenkt. Jetzt konnte er in kurzer Zeit Strecken zurücklegen, die mit dem Pferdegespann viele Stunden brauchten. Das bedeutete aber kaum, dass er jetzt mehr Zeit für die Familie hatte, denn jetzt konnten die Gemeinden noch größere Ansprüche an seine Zeit stellen. Für die Wirtschaft sparte dies jedoch ein Gespann. Wurde es wirtschaftlich jetzt leichter? Auf keinen Fall, denn Brennstoff und Unterhalt des Wagens waren weit kostspieliger als der Unterhalt eines Gespannes mit vollem Futtersack zusammen. Dazu war der Wagen für deutsche Autobahnen und nicht für die staubigen Wege des Chaco gebaut. Der feine Chacosand drang nur zu schnell in den Motor ein, und Kolben und Ringe mussten immer wieder neu gewechselt werden. Das kostete viel Geld. Auch wenn die Wirtschaft inzwischen weit produktiver geworden war, gingen die meisten zusätzlichen Einkünfte aus der Milch- und Hühnerwirtschaft in den Unterhalt des Wagens. Wenn der Automechaniker nicht so häufig seine Arbeit kostenlos gemacht und obendrein auch die Ersatzteile nicht berechnet hätte, wäre die Isaaks-Wirtschaft an diesem Wagen bankrott gegangen. Aber ohne den Wagen konnte Vater seine Arbeit nicht mehr bewältigen. Auch später, als die Familie 1963 nach Filadelfia zog, lebten die Eltern die folgenden Jahre hautsächlich von dem Einkommen ihres jüngsten Sohnes, Hartmut. Dieser wollte eigentlich weiter studieren, musste seine Pläne aber aufgeben, um weiter für den Unterhalt der Eltern zu sorgen. Auch von seinem Beitrag ging immer noch ein großer Teil in den Unterhalt des Wagens. Selbst von Deutschland aus schickte Hartmut noch Tausende D-Mark, um Vaters Wagen flott zu halten. Von diesem Wagen trennte Vater sich erst, als er nicht mehr fahren durfte.

Hans und Hilda auf dem Isaakshof in Blumenort.

Wenn wir heute zurückdenken, dann waren es Hans mit Hilda, Elfriede, Irene und Hartmut, die am meisten zum Unterhalt der Eltern beigetragen haben. Sie waren es, die es mit ihrer selbstlosen Arbeit möglich machten, dass Vater zeit seines Lebens unentgeltlich für die Gemeinde arbeiten konnte. Mutter aber ist diejenige, die in selbstloser Arbeit mit allen Kindern zusammen Vaters Dienst an der Gemeinde und an der Gemeinschaft wirklich möglich machte.

Nach dem Verkauf der Wirtschaft konnten die Eltern endlich ein Sparkonto anlegen. Für Mutter war das etwas Neues. Andere Frauen sprachen immer wieder davon, dass sie nach der Ernte wieder etwas als *feste Einlage* eingezahlt hätten. Mutter meinte, sie habe niemals gewusst, was das bedeutete. Jetzt hatten auch sie, nachdem sie mehr als dreißig Jahre lang immer von der Hand in den Mund gelebt hatten, ein Sparkonto. Dank der hohen Zinsen, die damals gezahlt wurden, konnten sie ihren Kindern später sogar etwas Bargeld vererben.

1960 hatte Vater ein schweres Unglück. Auf dem Wege nach Asunción fuhr er in ein drei Meter breites und mindestens einen Meter tiefes Loch, das die Wegbaukompanie dort durch den Damm geschnitten hatte, um eine Brücke einzusetzen. Da die Ruta Transchaco offiziell noch nicht eröffnet war, hatte man die Baustelle ohne Warnschilder gelassen. Der Wagen prallte mit voller Geschwindigkeit gegen die gegenüberliegende Wand de Grabens. Vater schlug mit dem Kopf auf das Steuer und war besinnungslos. Sohn Jakob hatte ein gebrochenes Bein und Frau Epp wurde wohl am schwersten verletzt. Ein vorbeifahrendes Auto rief die Ambulanz, die die schwer Verletzten ins Baptistenkrankenhaus nach

Asunción brachte. Als einer von Vaters guten Freunden in Asunción von dem Unglück hörte, fuhr er so schnell wie möglich zum Hospital Bautista. Hier fand er Vater besinnungslos in der grellen Sonne auf einer Bahre liegend, denn die Krankenpfleger meinten, ihm sei sowieso nicht mehr zu helfen. Schnell wurde er nun zur Behandlung ins Operationszimmer gebracht. Vaters Schädel war von vorne gespalten. Um den Bruch zusammenzuziehen, wurde der heile Unterkiefer mit dem gespaltenen Oberkiefer zusammen geschnürt. Damit er aber trinken und flüssige Speise zu sich nehmen konnte, wurden ihm zwei der oberen Zähne gezogen. Es heilte dann auch alles wieder schön zusammen, nur sprechen konnte Vater für die nächsten Wochen nicht.

Der Volkswagen wurde nach Asuncion abgeschleppt und wieder repariert. Da Vater auf einer Geschäftsreise für die Gemeinde unterwegs war, übernahm diese diesmal die Kosten der Reparatur.

Schon Ältester Harder, der eigentlich von Russland her aus der Brüdergemeinde stammte, hatte der Mennonitengemeide Stabilität und auch Respekt verschafft. Zudem hatte er ein gutes Leitungsteam aufgebaut. Die Gemeinde fing wieder an zu wachsen. Als Vater dann die Leitung übernahm, wuchs die Gemeinde weiter. Dieses Wachstum ist dann eigentlich ununterbrochen weitergegangen, bis Vater die Leitung im Jahre 1971 abgab.

Obzwar Vater sich gut von dem Unfall erholte, wurde er doch niemals mehr so gesund und kräftig, wie er vorher gewesen war. Nachdem er die Leitung der Gemeinde abgegeben hatte, nahm er weiter am Leben der Gemeinde teil, aber doch nur so weit, wie seine Kräfte reichten. Als die alte Kirche dann zu klein wurde, wurde sie durch eine neue ersetzt. Da Vater über der Straße wohnte, verfolgte er den Bau mit großem Interesse. Der sechseckige Bauplan imponierte ihm schon. Auch die wuchtigen Mauern fanden seinen Beifall. Nur mit der Konstruktion des flachen, 24 Meter weiten Daches konnte er sich nicht abfinden. Wie sollten diese Träger ohne einen entsprechenden Pfeiler in der Mitte das schwere Dach tragen. Als er wieder einmal dabei stand und den Kopf schüttelte, ließ der Baumeister, der ihn sehr schätzte, den großen Hebekrahn herbei rollen. An einem dafür eingebauten Haken in der Mitte des Daches ließ er dieses nun ganz von der Mauer abheben, so dass Vater selber sehen konnte, dass das Dach solide und stark genug war, um auch die schwersten Regen und Stürme zu überstehen. Vater bedankte sich. Als er sich verabschiedete, meinte er jedoch, der Sicherheit wegen würde es aber doch besser sein, wenn man in der Mitte des großen Saales doch mindestens einen starken Pfeiler stellen würde. Das betreffende Dach ist auch heute nach mehr als dreißig Jahren genauso stabil, wie es damals war.

Einige seiner Predigten schrieb Vater voll aus. Die meisten aber wurden auf den kleinen Blättern von Notizbüchern nur in Stichwörtern festgehalten. Von diesen kleinen Blättchen sind uns Hunderte erhalten geblieben. Das Lesen dieser Predigten bot für den Schreiber erhebliche Probleme. Erstens sind sie in gotischer Schrift geschrieben. Zweitens schrieb Vater, um Raum und Papier zu sparen, mit winzigen Buchstaben. Drittens ist das Papier von schlechter Qualität, so dass die einzelnen Buchstaben häufig nicht mehr klar zu erkennen sind. Hier war ich auf die Hilfe von Bruder Peter angewiesen, der immer noch fließend Gotisch lesen und schreiben kann. Mit seiner Hilfe konnte auch ich dann Vaters Predigten lesen und ihren Inhalt in seine theologische Gedankenwelt eingliedern.

IV. KORNELIUS

Vater hat nur über eines seiner zwölf Kinder ausführlicher geschrieben, und das ist Kornelius. Als die Eltern 1930 auf dem *Chutor* in Auhagen ihr Zelt errichteten, war Kornelius zwei Jahre alt. Der Chaco mit seiner Hitze und Kälte, seinen Regenzeiten und den großen Trockenheiten, seinem üppigen Pflanzenwuchs, wenn es nass ist, und seiner Trostlosigkeit, wenn es trocken ist, war die Welt, in der er aufwuchs. Er war gesund, kräftig und sehr begabt. Die Freunde seiner Kindheitsjahre beschreiben ihn als verwegen, ohne dabei leichtsinnig zu sein. Wenn er es wollte, würde er Dinge tun, die niemand von ihnen wagte. Dabei kannte er seine Grenzen und kam niemals zu Schaden, wenn er wieder einmal etwas Ungewöhnliches tat. Er hatte einen sehr starken Willen, ohne dabei eigenwillig zu sein. Wenn er sich etwas vorgenommen hatte und überzeugt war, dass es richtig sei, würde er alle seine Kräfte einsetzen, um es auszuführen. Dabei war er ein guter Freund, auf den man sich immer verlassen konnte. Er fing niemals Streit an. Wenn es schon einmal Streit unter den Geschwistern oder Freunden gab, war er immer der Vermittler. Dabei kannte er keine Furcht. Als einmal eine riesige Anakonda aus dem nahen Busch bei uns über den Hof spazierte, hatte er blitzschnell einen scharfen Spaten zur Hand und ging ihr zu Leibe. Da diese Art von Riesenschlangen aber sehr schnell ist, entkam sie ihm.

Das Verhältnis zwischen Vater und Kornelius war wie zwischen zwei Freunden, die sich auch ohne viele Worte ausgezeichnet verstanden. Eine Begebenheit kommt dabei immer wieder ins Gedächtnis. Kornelius arbeitete schon als Missionar unter den Chulupí-Indianern in Filadelfia. Wir waren dabei, unser altes Haus zu renovieren. Zum neuen Pfannendach gehörte jetzt auch eine moderne Zisterne. Kornelius kam früh morgens mit dem Fahrrad von Filadelfia. Als Vater ihn begrüßte, fragte er gleich: „So, wo soll denn das Loch für die Zisterne gegraben werden?" Vater wies ihm den Platz an. Ein runder Kreis wurde gezogen. Nachdem Kornelius sich den besten Spaten ausgewählt hatte, bemerkte er, dass er das Loch, zwei Meter im Durchmesser mit einer Tiefe von drei Metern, bis zum Abend fertig haben würde. Vaters Antwort bestand in einem kleinen Lächeln und den Worten: „Wenn du meinst." Und Kornelius meinte es. Ruhig, aber zielbewusst und schnell ging er an die Arbeit. Als das Loch immer tiefer wurde, wurde die Arbeit auch immer schwerer, denn er musste die Erde mit der Schaufel immer höher über den Rand der Grube werfen. Dazu wurde es zunehmend heißer in der Grube. Wenn wir ihm am Morgen das Wasser krugweise brachten, mussten wir es ihm später am Tage eimerweise bringen. Von Zeit zu Zeit kam Vater schauen, ohne dabei ein Wort zu verlieren. Als es Abend wurde, war das Loch fertig. Nachdem Kornelius sich verabschiedet hatte, bestieg er sein Fahrrad und fuhr wieder zurück nach Filadelfia.

Vater und Kornelius waren nicht nur Freunde, sie arbeiteten auch zusammen in der Gemeinde- und Missionsarbeit. Wenn Kornelius mit seiner Familie übers Wochenende zu Besuch kam, dauerte es nicht lange, und er und Vater verschwanden für die nächsten Stunden in seinem Arbeitszimmer.

In gekürzter Form schließen wir Vaters Bericht über Kornelius' tragischen Tod hier ein, da er auch viel über Vater und Mutter selber aussagt.

„Unser Sohn Kornelius wurde am 13. Juni 1928 in Karlowka, Memriker Ansiedlung, in der Ukraine als drittältester geboren. Körperlich und geistig gesund, wuchs und entwickelte er sich sehr gut und stand den zwei älteren Brüdern an Reife und Intelligenz nicht nach. Er war uns Eltern als Kind und Jüngling immer gehorsam und sehr arbeitsam. Dabei hatte er es immer eilig, als ahne er, dass er nicht viel Zeit habe. Dazu war er geschickt in allen handwerklichen Berufen. Das zeigte sich, als er als Missionsarbeiter unter den Chulupí-Indianern sein eigenes Wohnhaus baute. Er entwarf den Plan und baute das ganze Haus ohne Hilfe eines Baumeisters. Es war ein gelungener Bau.

In der Schule lernte Kornelius gut und brachte gute Noten nach Hause. Auch die Sonntagsschule besuchte er gern. Er war ein frommes Kind. Im frühen Jünglingsalter erlebte er eine wahre Bekehrung und Wiedergeburt unter der Leitung von A. E. Janzen. Am 1. Oktober 1944 wurde er auf das Bekenntnis seines Glaubens getauft und in die Mennonitengemeinde aufgenommen. Bald darauf wurde er als Sonntagsschullehrer angestellt und mit zwanzig Jahren wurde er als Prediger unserer Gemeinde gewählt.

Kornelius nahm sein Glaubensleben ernst und führte einen frommen Lebenswandel. Er wuchs in seinem geistigen und geistlichen Leben. Als dann mit 21 Jahren der Ruf in die Missionsarbeit an ihn erging, nahm er ihn an. Zusammen mit Bruder Gerhard Hein nahm er die Arbeit unter den Chulupí-Indianern bei Filadelfia auf. Unter Anleitung von Missionar Jakob Franz lernten sie die Chulupí-Sprache. Gleichzeitig studierte er zwei Jahre an der Bibelschule in Filadelfia.

1954 fand er in Mary Born seine Lebensgefährtin. Sie folgte ihm bereitwillig auf das Missionsfeld. Treu stand sie ihm in der oft schwierigen Arbeit zur Seite. Zusammen erlebten sie die Wunder der Gnade Gottes, wenn sich die Indianer unter der Verkündigung des Evangeliums von Jesus Christus bekehrten. Dann galt es, diese neuen Kinder Gottes im Evangelium von Jesus Christus zu unterrichten und in ihrem Glauben zu festigen. So erlebten sie viel Freude in ihrer Arbeit.

Als ihnen dann noch drei gesunde Kinder geschenkt wurden, nahmen sie diese dankbar als ein Geschenk Gottes an. Auch als sich dann noch ein viertes Kind meldete, waren sie keineswegs verlegen. Frohgemut und auf Gottes Hilfe und Beistand vertrauend, hofften sie noch viele Jahre den Missionsdienst unter den Indianern tun zu dürfen. Doch der

Indianerfamilie vor ihrem Häuschen.

Herr hatte dieser gesegneten Arbeit ein Ziel gesetzt. Unerwartet erging an Kornelius der Ruf, mit noch einigen Brüdern zusammen Kontakt mit den noch ganz wilden, sehr gefährlichen Ayoreos im Norden der Kolonien zu suchen. Die Zeit für ein solches Unternehmen schien reif zu sein. Nach wiederholten tödlichen Überfällen auf die Randdörfer der Kolonie und nach wiederholten kriegerischen Konfrontationen mit den Arbeitern der *Pure Oil Companie*, die im nördlichen Chaco nach Erdgas und Öl suchte, schien eine freundliche Annäherung an diese Wilden jetzt nicht nur möglich, sondern auch geboten zu sein.

Da dieser Versuch mit Todesgefahr verbunden war, zögerte Kornelius mit der Einwilligung. Zusammen mit Mary suchten sie Gottes Willen im Gebet. Nach etwa einer Woche glaubten sie, Gottes Willen erkannt zu haben und gaben ihre Einwilligung zu diesem Unternehmen. Besonders Kornelius glaubte sich von Gott für diese besondere Aufgabe gerufen. Marys Bedenken überwand er mit den Worten Jesu Christi: „Wer Vater oder Mutter, Weib und Kind mehr liebt als mich, ist meiner nicht wert." Als Eltern waren wir nicht dafür. Wir wiesen auf Frau und Kinder und seine gesegnete Arbeit unter den Chulupí-Indianern hin. Aber er ließ sich nicht zurückhalten. Und es kam, wie wir befürchtet hatten. Nach einigen Tagen brachten sie ihn todeswund per Flugzeug ins Krankenhaus in Filadelfia.

Der Strom der Menschen, die am 12. September 1958 zum Gottes-haus in Filadelfia kamen, wollte kein Ende nehmen. Über zweitausend Trauernde kamen aus allen Richtungen: Weiße, Chulupí- und Lengua-Christen, um ihrem Bruder und Lehrer das letzte Geleit zu geben.

Im und um das Gotteshaus drängten sich die Leidtragenden. Nur für die Vordersten sichtbar stand vor der Kanzel der schlichte Sarg, worin der im Kampf gefallene Krieger des Lammes Gottes ruhte. Alle hörten die bewegenden Worte eines Jugendfreundes, der die Totenklage Davids nach Samuel 2 vorlas: „Wie sind die Helden so gefallen im Streit. Es tut mir leid um dich, mein Bruder Jonathan … ."

Begräbnisfeier von Kornelius Isaak 1958.

Gefallen im Streit der Gottesherrschaft gegen die finsteren Mächte dieser Welt, das war, was dieser erst dreißigjährige Missionar mit seinem Leben und mit seinem Tode bezeugt hatte. Auf Befehl seines Herrn hatte er sein Leben geopfert, um auch den noch wilden Ayoreos das Evange-lium von Jesus Christus zu verkünden. Ausgerüstet mit den Waffen des Geistes: dem Panzer der Gerechtigkeit, dem Schild des Glaubens, dem Helm des Heils und dem Schwert des Geistes (Eph.6) zog er in den Krieg des Lammes Gottes, um auch den Ayoreos das Evangelium des Friedens zu verkünden.

Die Trauer der Chulupies war ergreifend. Sie konnten es nicht fas-sen, dass ihr Lehrer sie schon verlassen hatte. Zusammen hatten sie ihre Häuser gebaut. Zusammen hatten sie die Bibel gelesen. Zusammen waren sie Christus nachgefolgt. Zusammen waren sie Gemeinde Jesu Christi mitten in dieser Welt gewesen. Kornelius und Mary mit den Kindern gehörten doch zu ihrer Gemeinschaft. Die Farbe der Haut trennte sie nicht mehr. Sie waren alle miteinander Kinder Gottes und Glieder am Leibe Christi.

Chulupies und Lenguas nehmen Abschied von Kornelius Isaak, ihrem geliebten Bruder, Freund und Lehrer.

Niemand fragte an diesem Tage: Warum musste dieser junge Missionar, Vater Mann und Bruder schon so früh sein Leben lassen? Hätte es nicht andere, weniger gefährliche Annäherungsversuche zu den Wilden gegeben, die sein Leben gespart hätten.

Kornelius hatte die Antwort auf diese Fragen drei Wochen zuvor im selben Gotteshaus gegeben, als er zusammen mit David Hein für diese besondere Arbeit eingesegnet wurde. Den Apostel Petrus zitierend sagte er damals: „Wir können's ja nicht lassen, dass wir reden sollen, was wir gesehen und gehört haben!" Eben deswegen musste er gehen, denn der Befehl des auferstandenen Herrn Himmels und der Erde lautet nach Mt. 28:19 „Gehet hin und machet zu Jüngern alle Völker!"

Wenn Hunderte von Arbeitern auf der Suche nach Öl und Gas täglich ihr Leben riskieren, wie viel mehr sollten wir als Kinder Gottes bereit sein, unser Leben für das Evangelium von Jesus Christus aufs Spiel zu setzen. Über Jahre hinaus hatte die Missionsbehörde versucht, Kontakt mit den Ayoreos aufzunehmen, aber bis dahin war es vergeblich gewesen. Aus schlimmen Erfahrungen der Vergangenheit, und diese gehen zurück bis in die Zeit der Jesuiten, wichen diese dem weißen Mann immer aus. Nur wenn sie aus dem Hinterhalt überraschend angreifen konnten um zu morden und zu töten, wurden sie für einige Minuten sichtbar. Dann verschwanden sie wieder spurlos im Dickicht des Chacobusches.

Den nördlichen Chaco, der ihr Stammland seit Hunderten Jahren gewesen war, verteidigten sie aber mit allen ihnen zur Verfügung stehenden Mitteln. Als die *Pure Oil Company* mit ihren riesigen Wegbaumaschinen einfach in ihr Gebiet rollte, griffen sie diese mit Pfeil und Bogen an. Besonders gefährlich wurde es für kleine Gruppen, die auf abgelegenen Posten stationiert waren. Bei den plötzlichen Überfällen gab es auch Tote.

Als die drei Missionare, der Lengua-Prediger Seepe Lhama, David Hein und Kornelius Isaak sich auf ihre erste Reise ins Gebiet der Ayoreos machten, fuhren sie auf von der Company gebauten Wegen bis nach Madrejón, dem Hauptlager der Ölgesellschaft. Hier durften sie ihre Zelte aufschlagen. Die erste Erkundungsfahrt der Missionare ging dann nach Cerro León. Diesen Posten hatten die Ayoreos zuletzt überfallen. Sie durchsuchten den Busch um die Zelte und die Landepiste, konnten aber keine Spur der Wilden finden. Auch weitere Erkundungsfahrten verliefen ergebnislos.

Schließlich folgten sie einem alten, verstrauchten Weg zu dem Grenzfortín Ingavi. Nach etwa 54 km kamen sie auf eine Lichtung, in deren Nähe sich eine Lagune befand. Noch bevor der Jeep zum Stehen kam, bemerkte Seepe Lhama, dass es in der Nähe Feuer geben müsse. Als sie dem Flussbett zur Lagune folgten, fanden sie einen noch brennenden Baumstamm, verstreutes Angelgerät und drei in die Erde gesteckte Stöcke. Daneben lagen noch drei Stöcke auf der Erde. Die Missionare steckten nun ihrerseits Stöcke in die Erde und befestigten Geschenke daran. Erst als sie zum dritten Mal zurückkehrten, erlebten sie die Freude, dass ihre Geschenke weggenommen waren. Als sie näher zuschauten, entdeckten sie Federschmuck, der an einem geschälten und rotbraun angemalten Stock befestigt war. Daneben stand eine leere hölzerne Schüssel, mit einigen Agavenknollen dabei. Sollte das ein Gegengeschenk sein? Die Missionare deuteten es so. „Boghite duihoway - Kommt Freunde!", riefen sie immer wieder in den Busch. Dann dankten sie Gott für diese erste Antwort der Wilden.

Seepe Lhama aber erklärte seinen Stammesgenossen später die Bedeutung der Zeichen so. Die leere Holzschüssel mit den Agavenknollen bedeutete: Wir haben nichts. Bei uns ist nichts zu holen. Der rot angstrichene Stock deutete auf Blut. Wenn ihr wieder kommt, wird Blut fließen.

Nachdem sie wieder Geschenke zurückgelassen hatten, machten sie sich auf den Weg, um in Filadelfia über diese neuen Entwicklungen zu berichten. Kornelius fuhr dann noch weiter nach Blumenort, wo Frau und Kinder bei unseren Eltern waren. Es gab ein bewegtes Wiedersehen. Viele Fragen wurden gestellt und beantwortet. Am nächsten Tage fuhren die drei Missionare dann wieder zurück nach Madrejón.

Auf den nächsten Fahrten an die Lagune ließen sie wieder Geschenke zurück und hatten die Freude zu sehen, dass diese nicht nur angenommen wurden, sondern dass die Ayoreos nun auch ihrerseits Geschenke zurückließen. Selber aber ließen sie sich nicht sehen.

Endlich, am 10. September brachen die Missionare zu ihrer sechsten Fahrt auf. Es hatte geregnet und der Buschweg war beinahe unpassierbar. In einem Schlammloch blieben sie stecken. Mit viel Mühe konnte der Jeep wieder flott gemacht werden, und die Fahrt konnte weitergehen. Wieder vereinigten die Männer sich zum Gebet. Dabei gewannen sie die Zuversicht, dass Gott in diesem scheinbaren aussichtslosen Unternehmen mit ihnen sei.

Als sie um eine Biegung des Weges kamen, sah Seepe Lhama sofort die Ayoreos. In einer großen Gruppe waren sie aus dem Busch getreten und blickten abwartend zu dem Fahrzeug der Missionare. Nur die Vordersten waren unbewaffnet. Die Missionare sprangen aus dem Jeep und winkten ihnen, sie sollten näher kommen. Wieder riefen sie „Boghite duihoway." Mit kurzen, schnellen Schritten kamen die Wilden heran. Dabei murmelten sie fortwährend undeutliche Laute vor sich hin. Einer von ihnen griff nach dem Hemd, das David Hein ihm hinhielt. Selber bot er ihm eine Tasche aus Kaktusfasern an. Er nahm das Hemd, gab aber dann die Tasche nicht aus der Hand. Auch die andern nahmen die Geschenke der Missionare, hielten aber ihren Federschmuck fest. Das machte die Missionare stutzig. Dann greifen die Wilden plötzlich an. Einer wirft seinen Speer, ganz aus der Nähe, Kornelius in den Rücken. Ein zweiter zielt mit seinem Bogen auf David Hein, lässt den Pfeil aber nicht los. Andere versuchen Seepe Lhama niederzuringen und zu binden. Kornelius zieht sich den Speer selber aus dem Rücken und hat plötzlich eine Waffe in der Hand. Seepe Lhama gelingt es, sich zu befreien. Dann reißt er das Jagdgewehr aus dem Jeep. Als die Wilden das sehen, ziehen sie sich schnell in den Busch zurück, um aus sicherer Entfernung zu beobachten, was weiter geschehen wird. Während David Hein mit dem Gewehr in der Hand mitten auf dem Wege steht, setzt Kornelius sich noch ans Steuer, um zurück zum Camp zu fahren. Er dringt auf Eile, denn er fühlt, wie schwer er verwundet ist. Nach einer kurzen Strecke muss David Hein das Steuer übernehmen, denn Kornelius wird zu schwach zum Fahren. Obzwar die Wunde kaum blutet, verliert Kornelius langsam das Bewusstsein. Seepe Lhama stützt ihn so gut er kann, und David Hein versucht die schlimmsten Schlaglöcher auf dem Wege zu vermeiden. Durch das Schlammloch kommen sie diesmal ohne größere Schwierigkeiten hindurch. Als sie zum Camp kommen, bekommt Kornelius Spritzen gegen seine Schmerzen. Zum Glück ist die Cessna gerade da, und Kornelius wird nach Filadelfia ins Krankenhaus geflogen, wo er etwa um 11 Uhr morgens ankommt.

Die Nachricht „Kornelius Isaak ist tödlich verwundet ins Krankenhaus in Filadelfia eingeliefert worden", verbreitet sich mit Windeseile über den Chaco und dann auch ins Ausland. Mary mit den Kindern und beide Familien versammeln sich um das Bett des Schwerverletzten. Er hatte inzwischen sein Bewusstsein wieder erlangt, wurde aber zusehends schwächer. Als der Arzt Dr. Rakko aus der Nachbarkolonie kommt, stellt er innere Blutungen fest. Kornelius' Brüder, die dieselbe Blutgruppe haben, spenden Blut. Schließlich muss der Arzt eingreifen. Die Operation zeigt, dass der Speer, der eigentlich das Herz treffen sollte, an einer Rippe abgeprallt war und dann Milz, Speicheldrüse und auch eine Niere verletzt hatte. Als Dr. Rakko alle diese Wunden vernäht und so die innere Blutung zum Stillstand gebracht hatte, war er optimistisch. Ein so junger, kräftiger Mann wie Kornelius sollte sich eigentlich wieder erholen, schreibt er in seinem Bericht. Aber es kam anders. Früh am nächsten Morgen mit einem Gebet für seine Familie und ganz besonders für die wilden Ayoreos auf den Lippen verschied Kornelius Isaak. Zwei Anzeichen deuteten auf eine Vergiftung des Speeres. Das Blut wollte nicht gerinnen und der Körper des Verstorbenen blieb noch lange warm.

Tief erschüttert kehrten die zwei anderen Missionare zum Begräbnis ihres Freundes und Bruders nach Filadelfia zurück. Die Nachricht seines Todes erreichte sie, als sie mit etwa fünfzig Ayoreos außerhalb des Lagers friedlich gespielt und gegessen hatten. David Hein berichtete auf dem Begräbnis von der letzten Fahrt mit Kornelius Isaak, und wie diese so tragisch ihr Ende gefunden hatte. Weiter berichtete er, wie die Ayoreos bei seiner Rückkehr friedlich auf ihn gewartet hätten. Auch am nächsten Tag kamen sie wieder und taten, als ob nichts geschehen wäre.

David Hein berichtete auch, dass die Regierung Paraguays die Ayoreos zu Freiwild erklärt habe. Sie schickte Truppen in das Gebiet mit dem Befehl, auf jeden Ayoreo zu schießen, den sie zu Gesicht bekämen. Zum Schluss machte er folgenden Aufruf: „Wer ist bereit, morgen mit mir zurückzukehren, damit wir den bewaffneten Truppen zuvorkommen? Wer tritt an die Stelle von Kornelius Isaak?" Sein Aufruf war nicht vergeblich. Am nächsten Morgen kehrte er mit noch drei jungen Männern ins Gebiet der Ayoreos zurück. Es galt den Wilden zu beweisen, dass ihre Bluttat nichts an der Liebe und Freundschaft der Missionare geändert habe, die kamen, um ihnen das Evangelium von Jesus Christus zu bringen.

Der Name des jungen Ayoreo-Kriegers, der Kornelius tödlich verwundete, ist Jonoine. Er war stark und ehrgeizig und wollte es zum Häuptling bringen wie sein Vater. Wie alle Völker ihre jungen Männer in den Krieg schicken, um das Vaterland zu verteidigen, so verteidigten auch die jungen Ayoreos ihr Stammland gegen die Invasion des weißen Mannes. Jonoine ist kein Mörder, sondern ein Krieger und Held seines

Stammes, der nur seine Pflicht tat, und dabei auch sein eigenes Leben aufs Spiel setzte.

Nach der tragischen Begegnung mit Kornelius Isaak zog Jonoine sich in den nördlichen Chaco bis über die Grenze nach Bolivien zurück. Als sein Stamm den Krieg gegen die Invasion des weißen Mann aufgab, kam auch er schließlich aus dem Busch. Auf der Missionsstation der New Tribes Mission wurde auch er ein Christ. Es kam jetzt zu einer Versöhnung mit Mary und ihren Kindern, der Isaaks- und Borns-Familie.

Mary mit ihren Kindern nach der Versöhnung mit Jonoine, der 1958 ihren Mann und Vater bei einer tragischen Begegnung im nördlichen Chaco tötete.

Helmut, Nummer neun der Isaaks-Kinder traf Jonoine zum ersten Mal 2009 auf der Mennonitischen Weltkonferenz in Asunción. Hier reichte auch er Jonoine die Hand der Bruderschaft. Dabei sprach er vor der großen Versammlung folgende Worte:

„Jonoine, vor 50 Jahren warst du ein junger, mutiger Krieger deines Volkes. Du verteidigtest dein Stammland gegen die Invasion des weißen Mannes, und wurdest zum Helden deines Volkes. Vor 50 Jahren zog ein anderer junger Mann, mein Bruder Kornelius, in den Krieg für den Frieden des Lammes Gottes. Auch er war mutig und stark. Auch er war bereit, sein Leben für

Mary und Jonoine nach der Versöhnung.

seinen Herrn und Heiland zu geben. Jonoine, du handeltest in Übereinstimmung mit den Werten und Sitten deines Stammes. Mein Bruder tat, was er tun musste, nach dem Befehl des Herrn Himmels und der Erde. Als ihr zwei euch zum erstenmal auf dem Wege nach Ingavi im Chacobusch traft, verlor mein Bruder sein Leben. Jonoine, heute sind wir nicht mehr Feinde. Heute sind wir Brüder in Jesus Christus. Heute kämpfen wir gemeinsam den Krieg des Lammes Gottes gegen Sünde und Tod."

Jonoines Antwort darauf war: „Als wir noch im Busch lebten, hatten wir andere Sitten und Bräuche. Ich war ein junger Krieger und wollte Häuptling werden. Dafür musste ich erst einen Feind töten. Damals wussten wir noch nicht, dass einige der weißen Männer friedlich sind. Wir wussten nicht um diesen Unterschied. Deshalb tötete ich den weißen Missionar, als wir uns zum ersten Mal im Busch trafen. Ich wusste nicht um seine guten Absichten. Einer unserer alten Häuptlinge stellte mich deshalb zur Rede, denn mit meiner Tat hatte ich das friedliche Verhältnis zu dem weißen Mann in Gefahr gebracht. Heute bin ich selber ein Christ und frage mich immer wieder: Warum tötete ich den Missionar? Heute bin ich alt und vom Unterhalt anderer abhängig. Könnt ihr mich auf die eine oder andere Weise unterstützen? Etwas anderes, worüber ich oft nachdenke ist: Wenn Christus kommt, werde ich den Missionar, den ich tötete, auch als meinen Bruder begrüßen."

Leider erlaubte der Leiter des Gottesdienstes Jonoine nicht, diese Erklärung vor der großen Versammlung abzulegen. Sie wurde mir spä-

Witwe Mary Isaak mit ihren vier Kindern Korny, Rudolf, Rita und Siegfried.

ter schriftlich zugeschickt und dann in verschiedenen mennonitischen Zeitungen und auf Facebook publiziert.

Die Chulupies wollten, dass Mary und die Kinder weiter in ihrer Gemeinschaft leben sollten. Sie würden die Familie mit allem versorgen, was sie zum Leben brauchten. Das Missionskomitee entschied anders. Für Mary und die Kinder wurde ein geräumiges Haus in Filadelfia gebaut, wo sie mit allem versorgt wurde, was sie zum Leben brauchte. Es brauchte aber Jahre, bis die Familie den Verlust ihres Mannes und Vaters überwinden konnte. Für Vater und Mutter blieb der Verlust ihres Sohnes Kornelius immer eine wunde Stelle.

Vater schreibt abschließend in seinem Bericht: „Für Mary wird es schwerer. Sie ist bis jetzt sehr tapfer gewesen. Nun aber kommt die traurige Tatsache: Korny kommt niemals wieder, immer stärker zum Bewusstsein. Sie beginnt immer mehr, die Einsamkeit zu fühlen, und das will sie überwältigen. Die ältesten Jungen verlangen immer mehr, Papa soll nach Hause kommen. Ja, es wird noch recht schwer für Mary werden. Bitte, betet für sie!"

V. VATERS THEOLOGIE

Vater hat seine Theologie niemals systematisch geordnet und aufgeschrieben. Was hier folgt habe ich aus seinen vielen uns erhalten gebliebenen Predigten und Vortraegen herausgelesen.

Vaters Theologie wuchs aus den reichen und oft schweren Erfahrungen seines Lebens heraus. Besonders in seinen jungen Jahren musste er
immer wieder erfahren, wie ihm ein Plan nach dem anderen zerschlagen
wurde. Zuerst wollte er studieren. Doch die kommunistische Revolution
machte diesen Plänen ein Ende. Dann machte er mit seinem Freunde
Pläne, um von Batum in die USA auszuwandern. Tödlich krank an Mala-
riafieber musste er diese Pläne ebenfalls aufgeben und nach Hause zu-
rückkehren. In der Memrik Kolonie lernte er Elisabeth Hildebrandt kennen. Als sie heirateten, hatte die Sowjetregierung ihre Wirtschaftspolitik
(NEP) vorübergehend geändert, so dass die mennonitischen Landwirte
wieder aufatmen konnten. Sie hofften, dass es doch noch wieder gut
werden würde in Russland . Vater wollte schon 1925 nach Kanada auswandern, als es noch möglich war. Sie hatten den *Chutor* verkauft und
hätten in Kanada neu anfangen können. Dazu aber waren die Schwiegereltern und auch der Schwager nicht bereit. So ließen die Eltern sich
auch überreden, um zu bleiben. Vater wusste aber, dass sie eine großartige Möglichkeit verpasst hatten.

Als sie dann 1929 alles stehen und liegen ließen, um von Moskau die
Ausreise zu erzwingen, hätte dies auch für die junge Isaaksfamilie, so wie
für Tausende andere, lebenslange Verbannung nach Sibirien bedeuten
können. Aber diesmal gehörten sie zu den etwa sechstausend Glückli-
chen, denen die Ausreise nach Deutschland erlaubt wurde. In Deutschland angekommen, wartete die nächste Enttäuschung auf sie. Kanada
wie die USA hatten alle Türen für Flüchtlinge geschlossen, denn in der
großen Depression wussten sie nicht, wie sie mit den eigenen Arbeitslo-
sen fertig werden sollten. Auch in Deutschland konnten die Flüchtlinge
nicht bleiben. Als man Vater mit seiner Familie doch die Möglichkeit zum
Bleiben eröffnete, wusste er schon, dass Deutschland nicht das verheißene Land für ihn und für seine Familie war. Nachdem er auch Brasili-
en von der Liste der Möglichkeiten gestrichen hatte, blieb nur noch der
verrufene Chaco Paraguays. Das war das verheißene Land, in das Gott
seinen widerspenstigen Diener mit seiner Familie rief. Dort sollte er sein
Gelöbnis „Herr, wenn du mich mit meiner Familie aus dem kommunistischen Russland herausführst, will ich dir dienen!" einlösen. Als er dieses
Gelöbnis machte, dachte er an Kanada und an die USA, auf keinen Fall

Da Papier sehr knapp war, reichte auch eine Seite eines Notizbüchleins, um das Konzept einer Predigt niederzuschreiben.

aber an den Chaco. Aber Gott lässt nicht mit sich schachern. Wenn Vater später über Gottes wunderbare Führungen nachdachte, wurde ihm immer klarer, dass all die misslungenen Pläne und Enttäuschungen seiner jungen Jahre ihn für den Dienst im Chaco vorbereitet hatten. Wirkliche theologische Ausbildung für den bedingungslosen Dienst in der Gottesherrschaft geschieht wohl kaum an den Hochschulen und theologischen Fakultäten, sondern an erster Stelle durch die Kämpfe und Erfahrungen des täglichen Lebens.

Jetzt erst wurde ihm die tiefere Bedeutung der Stimme bei seiner Bekehrung „Du brauchst es ja nur zu glauben" deutlich. „Glauben" bedeutet an erster Stelle, die Vergebung der Sünden durch das Kreuz Jesu Christi anzunehmen. Durch Gnade sind wir von Sünde und Schuld frei gemacht. Wir leben nicht mehr unter der Herrschaft der Mächte dieser Welt. Dieses hat Gott für uns in Jesus Christus getan.

Die zweite Bedeutung von „Glauben", die nicht von der ersten getrennt werden darf, ist das neue Leben in der Gottesherrschaft. Jesus ruft uns in seine Nachfolge. Wir sind von der Sklaverei der Sünde und der Herrschaft der Mächte dieser Welt befreit, um jetzt unser Leben nach dem Vorbilde unseres Herrn und Heilandes Jesus Christus in seiner ganzen Fülle zu leben. Das heißt, wir sind jetzt gerufen, unser ganzes Leben nach Gottes Willen zu leben. Wir sind nicht gerufen, um zu herrschen, sondern um zu dienen. Anstatt andere zu richten, vergeben wir unseren Nächsten ihre Schulden. Wir teilen unsere Güter mit denen, die keine haben. Wir sehen die Einsamkeit, den Hunger und Durst, das Leiden und die Gebundenheit unseres Nächsten und helfen ihm selbstlos, so wie Gott uns durch Jesus Christus geholfen hat.

Wir als Menschen, selbst als Prediger und Älteste, können niemanden bekehren. Die Wiedergeburt ist allein das Werk des Heiligen Geistes. Sie kann in einem Augenblick geschehen, oder sie kann sich über Jahre hinziehen. Wir können und sollen den Samen des Wortes Gottes zwar ausstreuen, aber nur Gott kann das Wachstum und Gedeihen schenken.

Dabei spielt weder das Wann noch das Wie der Bekehrung eine Rolle. Was allein zählt, ist, dass ich den Ruf Jesu in die Nachfolge gehört und angenommen habe, dass ich weiß, dass Christus auch für meine Sünden gestorben ist, und dass Gott auch mich als seine Tochter oder seinen Sohn angenommen hat.

Auch die Form der Taufe ist nicht entscheidend. Wichtig ist, dass ich als wiedergeborenes Kind Gottes mit der Taufe öffentlich bekenne, dass auch ich ein Kind Gottes geworden bin und dass ich mich damit der Gemeinschaft der Gläubigen anschließe und meine Verantwortung in der Gottesherrschaft antrete.

Das Von-Neuem-, eigentlich Von-Oben-Geboren-Werden verändert unser ganzes Leben. An erster Stelle verändert es unser Verhältnis zu Gott, der in Jesus Christus wie der Vater des verlorenen Sohnes für uns wird. Auch das Verhältnis zu dieser Erde, auf der wir leben, wird ganz anders. Diese Erde ist wieder Schöpfung Gottes für uns. Wir besitzen sie nicht, wir beuten sie nicht aus, wir verunreinigen sie nicht. Als Gottes Schöpfung pflegen und verwalten wir sie auf solche Weise, dass ihre Fruchtbarkeit für alle Geschöpfe Gottes Überfluss an Leben hervorbringt.

Selbst das Verhältnis zu uns selber ändert sich grundsätzlich. Ich bin ein Kind Gottes und Bürger seines Reiches. Als Nachfolger Jesu Christi sind wir auch Mitarbeiter und Miterben in seinem Reich. Söhne und Töchter Gottes zu sein ist eine Würde, die alle Titel und Auszeichnungen der Reiche dieser Welt übertrifft. Diese unglaubliche Würde macht uns aber weder hochmütig noch herrschsüchtig, sondern verwirklicht sich erst im demütigen Dienste und in der Liebe zum Nächsten.

Als von oben, von Gott wiedergeborenes Kind Gottes weiß ich, dass Gott mich so geschaffen hat, wie ich bin. Wenn Gott mich so wie ich bin als seine Tochter oder seinen Sohn annimmt, dann muss auch ich mich so annehmen, wie ich bin. Erst dann kann ich meine Schwächen überwinden und meine Gaben richtig entfalten.

Die am schwersten zu lebende Wirklichkeit der Gottesherrschaft ist unser neues Verhältnis zu unserem Nächsten. Auch er oder sie ist gerufen, Sohn und Tochter Gottes zu sein. Auch für sie oder ihn hat Gott Fülle des Lebens vorgesehen. Auch er oder sie steht vor Gott und ist allein vor ihm verantwortlich. Gott hat ihnen dieselbe Würde geschenkt wie mir. Ich darf weder neidisch auf ihre Gaben sein, noch sie an der Entfaltung dieser Gaben hindern. Ich darf sie auch nicht mit den frömmsten Worten richten, verleumden, oder falsches Zeugnis wider sie geben. Ich bin nicht mehr eifersüchtig auf meinen Nächsten, noch begehre ich irgend etwas von dem, was Gott ihm oder ihr geschenkt hat.

Meine höchste Aufgabe ist es, meinen Mitbrüdern und Mitschwestern bei der Verwirklichung ihres neuen Lebens *Handlangerdienste* zu leisten, wie Vater es formuliert. Daher bin ich bereit, auch die Lasten meiner Brüder und Schwestern zu tragen. Wenn sich aber eines der Kinder Gottes verirrt, stehe ich nicht dabei um zu messen und zu verurteilen. Vielmehr ist es meine Aufgabe, das verlorene Schaf zu suchen und es wieder auf den rechten Weg zu bringen. Das kann ich aber nicht in meinem Namen, sondern allein im Namen unseres Herrn und Heilandes Jesus Christus tun.

Als von oben wiedergeborene Menschen leben wir jetzt als Söhne und Töchter Gottes in der Gottesherrschaft. Wir sind Mitarbeiter Jesu Christi am Bau seines Reiches. Diese Reich steht über allen Reichen dieser Welt. Bürgerschaft in der Gottesherrschaft steht über jeglicher Bürgerschaft in den Reichen dieser Welt.

Wir leben jetzt an erster Stelle nach dem Willen Gottes und dann erst nach den Gesetzen der Herrscher dieser Welt und das auch nur, solange diese nicht Gottes Geboten widersprechen.

In der Gottesherrschaft sind wir als wiedergeborene Kinder Gottes alle gleich. Weder unsere Hautfarbe, unsere Bildung, unser sozialer Status in der Gesellschaft, unsere Sprache oder Kultur machen da einen

Unterschied.

In den Reichen dieser Welt sind wir Russen, Holländer, Deutsche, Kanadier, Paraguayer usw. In der Gottesherrschaft sind wir alle Sünder, denen vergeben worden ist, die aber des Ruhmes mangeln, den sie vor Gott haben sollen.

Als Kinder Gottes wird unsere Identität von dem Herrscher Himmels und der Erde, das ist Jesus Christus, und nicht von den Mächten dieser Welt bestimmt.

Die Bürgerschaft in der Gottesherrschaft ist nicht exklusiv, sondern inklusiv. Das heißt, alle Rassen, Völker und Nationen sind berufen, Kinder Gottes zu werden. Sie brauchen nur zu glauben und zu gehorchen, um dazu zu gehören.

Obzwar wir immer auch Bürger in den Reichen dieser Welt sind, gehört unsere bedingungslose Loyalität zuerst dem Herrscher Himmels und der Erde, Jesus Christus.

Vater konnte die Zwei-Reiche-Lehre Luthers, wie sie von der *völkischen Bewegung* implizit propagiert wurde, genauso wenig akzeptieren wie die Täufer. Da machte auch alle pietistische Frömmigkeit und Verinnerlichung des Glaubens keine Ausnahme.

Auch als Gemeinschaft der wiedergeborenen Kinder Gottes sind wir immer noch zusammen auf dem Wege zur Vollkommenheit. Die reine Gemeinde als vollkommene Braut Jesu Christi wird es erst im neuen Himmel und der neuen Erde geben.

Für den Dienst in der Gemeinde und an den Mitmenschen gibt es viele Geistesgaben. Manche werden wir erst entdecken, wenn wir sie brauchen. Vater meinte, er habe eine schwere Zunge so wie Mose. Oder er sei unreiner Lippen so wie Jesaja. Aber es half ihm alles nichts. Gott hatte ihn, so wie er war, für einen besonderen Dienst berufen und Er zerschlug alle anderen Pläne für sein Leben, bis er demütig dorthin ging, wo Er ihn brauchte.

Wenn wir uns demütig in den Dienst unseres Herrn und Heilandes stellen und dorthin gehen, wo Er uns haben will, wird die ganze Erde wieder Gottes Schöpfung und damit auch das verheißene Land für uns. Das gilt selbst für den verrufenen Chaco Paraguays.

Durch die Predigt des Evangeliums von Jesus Christus helfen wir bei der Ausbreitung und dem Bau der Gottesherrschaft. Der Befehl des auferstandenen Herrn Himmels und der Erde „Gehet hin und machet zu Jüngern alle Völker" gilt für jeden Bürger in der Gottesherrschaft. Dabei spricht das Zeugnis unseres täglichen Lebens eine mächtigere Sprache, als gepredigte Worte es jemals tun können. Worte können viele Bedeutungen haben und nach Bedarf verschieden ausgelegt werden. Selbstloser Dienst am Nächsten im Namen Jesu Christi kann wohl kaum missverstanden oder missbraucht werden. Deshalb sind alle Kinder Gottes auf dem Wege der Nachfolge im besten Sinne des Wortes Evangelisten.

Evangelisation und Bekehrung waren für Vater immer wichtige Ereignisse im Leben der Gemeinde. Die Wiedergeburt aber war nur der Eintritt in das neue Leben in der Gottesherrschaft. Mit ihr fing das neue Leben oder der Weg der Nachfolge Jesu Christi erst an.

Mit der Bekehrung sagen wir nein zu den Werten und Normen dieser Welt und sagen ja zu den Werten und Normen der Gottesherrschaft. Wir sagen nein zu unserem von der Sünde verdorbenen Ich und sagen ja zu dem neuen Ich, zu dem wir wiedergeboren werden nach dem Bilde Gottes, wie es uns in Jesus Christus offenbart ist.

Auch der von oben, von neuem geborene Mensch lebt weiter mitten in den Reichen dieser Welt mit all ihren Versuchungen. Um diese zu überwinden, ist er auf die Waffen der Gottesherrschaft angewiesen, wie wir sie in Epheser 6:10-16 angeführt finden. Je mehr wir uns in dem Gebrauch dieser Waffen des Lammes Gottes üben, desto effektiver werden wir im Kampfe gegen die Sklaverei der Sünde und den Tod.

Die Gaben des Heiligen Geistes sind alle für den Dienst in der Gottesherrschaft gegeben und damit auch für den Dienst am Nächsten. Deshalb werden im letzten Gericht weder die hohen Titel noch die großen Institutionen der christlichen Kirchen eine Rolle spielen. Die entscheidende Frage ist: „Haben wir den Hungrigen gespeist, dem Durstigen Wasser gegeben, den Fremden bei uns aufgenommen, den Nackten gekleidet, den Kranken besucht und sind wir zu denen gegangen, die gefangen sind?" Mt.25:31-40.

VI. KORRESPONDENZ UND SCHULE

Vater schrieb in seinem Leben viele Briefe. Er korrespondierte mit seinem Bruder Heinrich und seinem Schwager Kornelius in Russland. Als die Kinder dann im Ausland studierten oder nach Brasilien, Deutschland und Kanada auswanderten, führte er regelmäßigen Briefverkehr mit allen. Viele Briefe wurden im Interesse der Gemeinde und Konferenz und auch der Gemeinschaft geschrieben.

Gute Schulen und höhere Bildung waren neben seiner Arbeit als Hirte der Gemeinde immer von großer Wichtigkeit für Vater. Da zur geistlichen Entwicklung des jungen Menschen auch das geistige Wachstum gehört, setzte er sich auch immer für beide ein. Als die Mittelschule in Fernheim auf Grund von Lehrermangel geschlossen werden musste, schrieb er immer wieder Briefe nach dem Norden mit der Bitte, doch gute Lehrer zu schicken. Auch die höhere Berufsausbildung lag ihm am Herzen. Wo immer er konnte, half er begabten jungen Menschen, die nötigen finanziellen Mittel zu finden, um auf die Universitäten in Paraguay oder ins Ausland zu gehen.

Anfänglich schrieb er mit Feder und Tinte. Dann bekam er eine Schreibmaschine geschenkt. Jetzt konnte er auch Durchschläge machen. Das Farbband wurde so lange gebraucht, bis es löcherig geschlagen war. Auch das Kohlepapier wurde erst ersetzt, wenn es praktisch keine Farbe mehr abgab. Dann musste er eben umso härter auf die Tasten schlagen, damit man den Brief auch von den ins Papier eingeschlagenen Formen der Buchstaben lesen konnte.

So führte er einen ausführlichen Briefwechsel mit Dr. Rudolf Dyck. Um was es sich dabei handelte, lasse ich diesen lieber selber erzählen:

„Ältester Jakob Isaak hat in meinem Leben seit der Mittelschule bis hinein ins Berufsleben eine wesentliche Rolle gespielt. Nie auffällig, im Nachhinein richtunggebend gewesen, ohne dass seinerseits Erfahrung dafür vorlag.

Seit wann da eine als freundschaftlich zu bezeichnende Beziehung zwischen meinen Eltern und dem Ehepaar Isaak bestanden hat, ist mir nicht bekannt. Es kann aber sehr wohl so sein, dass viele andere Bekanntschaften genauso zu bezeichnen wären, weil seine Umgangsart diese Empfindungen aufkommen ließen.

Beeindruckt hat mich in meiner Jugend eine besondere Feier, wo der bis dahin Prediger Jakob Isaak zum Ältesten ordiniert wurde. Diese kirchliche Einsetzungsfeier wurde noch nach der aus Russland mitgebrachten Tradition vollzogen. Es war dazu ein Ältester unserer Gemeinschaft, Gerhard G. Neufeld, aus Kanada hergekommen.

Es war auch in der Zeit der Mittelschule, wo ich bei einem persönlichen Gespräch mit dem Ältesten Isaak meine Entscheidung für Christus getroffen habe. Noch im selben Jahr, im Dezember 1947, wurde ich von ihm getauft, zusammen mit einer ganzen Gruppe von meist jüngeren Personen der vor kurzem eingetroffenen Neuländer.

Als damals junges Gemeindeglied hat es mich beeindruckt, wie er mit besonnener Ruhe zu verschiedenen Fragen Stellung nahm. So war es z. B., als die ersten Indianer getauft wurden. Diese waren durch das gemeinsam von den drei Gemeinden unterstützte Missionsprogramm zum Glauben gekommen. Hier war die Untertauchungsform der Taufe praktiziert worden. Und das ließ in unserer Gemeinde Fragen aufkommen. Seine beruhigende Antwort darauf und die Bemerkung, dass die Hauptsache sei, dass diese neuen Gläubigen getauft würden und für diese verschiedene Taufformen verwirrend wirken würden, ließ diese Frage zweitrangig werden.

Mein persönliches Berufsziel war Medizin zu studieren. Doch blieben meine Bestrebungen in dieser Richtung erfolglos.

Zusammen mit einem ehemaligen Lehrer, der aus Kanada kommend hier tätig war, suchten wir nach Möglichkeiten, das geplante Studium zu machen. Es sollte nun nach Argentinien gehen, und er würde mir helfen. Diese zum Ausdruck gebrachte Hilfsbereitschaft war einmalig. Die Wahrscheinlichkeit des Durchhaltevermögens dieser Hilfe spielte bei mir damals eine geringe Rolle.

Offensichtlich waren meine Zukunftspläne ohne mein Wissen damals auch anderen Personen bekannt. Und da war es unser Ältester Isaak, der sich darüber Gedanken gemacht und konkret nach möglichen Lösungen gesucht hatte. Wenige Wochen vor meiner Abreise war hier Ältester J. J. Thiessen aus Kanada auf Besuch. In Kanada war er für verschiedene Hilfsprojekte im Ausland zuständig. Dieser Mann war über mein Vorhaben von unserem Ältesten informiert worden. Es fand diesbezüglich ein kurzes Gespräch zwischen uns beiden statt. Nach kaum 15 Minuten endete das Gespräch mit den Worten: „Fahr mal hin und wenn du hineinkommst, dann werden wir dir helfen". (Gemeint war, wenn ich es schaffen würde, das Studium regelrecht aufzunehmen.)

Notwendige Informationen für die nächsten Schritte, die ich zu machen hatte, waren eingeholt worden. Es würde ein längerer Weg sein, da ich ja über keine gesetzlich gültigen Nachweise meines bisherigen Schulbesuches verfügte. Ich fing also ganz bewusst noch einmal von ganz unten an. Meine Gönner in Kanada und der Älteste Isaak hier wurden ständig auf dem Laufenden gehalten. Einige Male erstattete ich auch mündlichen Bericht bei Kurzbesuchen in den Sommermonaten.

Schon näher am Ziel bewies der Älteste Isaak sein Wohlwollen, oder mehr noch, sein absolutes Vertrauen in mich. Bis dahin war mein Stipendium aus Kanada ohne jegliche Verpflichtung für die Zukunft meinerseits gegeben worden. Nun wünschte man von dort eine Verpflichtung zur Arbeit in Paraguay von jeweils zwei Jahren für jedes Studienjahr. Dieses voraussichtliche Vierteljahrhundert schien mir sehr lange zu sein. (Damals wusste ich noch nicht, dass man auch hier als Arzt verfügbar sein konnte, ohne auch einen der wenigen Posten zu bekommen.)

Während meines darauffolgenden Sommerbesuches im Chaco informierte ich den Ältesten Isaak über mein Problem. Wahrscheinlich hat er mir meine Sorgen angesehen. Jedenfalls antwortete er: „Lass mal sein, ich werde die Angelegenheit regeln." Was er seinerseits geschrieben hat, weiß ich nicht. Jedenfalls wurde der einmal von Kanada gemachte Vorschlag nicht wiederholt. Nur nach Abschluss meines Studiums, als ich die Mitteilung darüber gemacht hatte, kam außer dem Glückwunsch dazu noch die kurze Bemerkung: Wenn ich immer noch nach Paraguay wollte, dann wäre damit diese Angelegenheit abgeschlossen. Und wenn nicht, dann würden sie es so haben, dass ich im Laufe der nächsten sieben Jahre das erhaltene Geld zurückzahlen würde. Ich fand das Angebot der auch alternativ möglichen anderen Entscheidung sehr großzügig. Für meine junge Frau und mich war die Entscheidung klar, dass wir nach Paraguay gehen würden.

Nach dem Trainingsjahr in Buenos Aires gingen ich und meine Frau, die auch Ärztin ist, in das versprochene Arbeitsfeld. So hatten in Zukunft unsere jeweiligen Arbeitsplätze gleich zwei, statt einen Arzt. Das Studium meiner Frau hatte weder die Kolonien hier noch die Mennoniten in Kanada Geld gekostet. Das finanzierten die Schwiegereltern. Die Dauer unserer Tätigkeit hier hat das vorher so lange scheinende Vierteljahrhundert deutlich überschritten. Meine Frau arbeitet immer noch Teilzeit (2010).

Unsere Beziehung zum Ältesten Isaak blieb erhalten, auch in der Zeit, als er schon in den Ruhestand ging. In seiner bescheidenen Umgangsform war er für alle ansprechbar. Über eine Reihe von Jahren gehörte er in der Kolonie zu den immer wieder um Rat gefragten Personen, und das nicht nur im kirchlichen Bereich. Bei ihm standen das gesagte oder gepredigte Wort und die Lebenswirklichkeit nicht im Widerspruch. Er gehörte über Jahre zur richtunggebenden Pioniergeneration. Sein Wirken war für viele und auch für mich im Besonderen ein Segen."

Dr. Rudolf Dyck war der Arzt von Mutter und Vater im Pflegeheim in Filadelfia. In mustergültiger Weise hat er sich um sie gekümmert. Nur in einem Punkt stimmte Dr. Dyck nicht mit Vater überein. Nach seinem ärztlichen Dafürhalten lebte Vater viel länger, als er von seiner medizinischen Erkenntnis her hätte leben sollen. Vater aber wartete auf die

Heimkehr seines Sohnes, Hartmut, mit seiner Familie von Deutschland. Als diese dann endlich ankamen, starb Vater nach wenigen Tagen. Andererseits müssen wir auch Dr. Dyck die Anerkennung geben, dass er Vater so lange am Leben hielt, bis auch dessen letzter Wunsch in Erfüllung ging. Als Isaaks-Familie wollen wir uns auch hier noch einmal herzlich für Dr. Dycks Einsatz bedanken.

1978 schrieb Jasch Klassen von Kanada folgende Zeilen an Vater: „Ich möchte mich bei Ihnen einmal von Herzen bedanken für alles, was Sie mir in meinen Jugendjahren in mancherlei Weise gewesen sind: Ein Lehrer, der das klare Wort Gottes lehrte; ein Berater, zu dem wir im Vertrauen kommen konnten; ein Seelsorger, der wirklich um unser Seelenheil besorgt war; und nicht zuletzt ein Hirte, der über die ganze Gemeinde wachte. Dies alles haben wir immer wieder spüren dürfen. Ich danke Gott von Herzen, dass ich persönlich von Ihnen so viel Liebe und Pflege habe erfahren dürfen."

Mit Mutters Geschwistern Kornelius und Maria Hildebrandt begann in den sechziger Jahren ein reger Briefverkehr. Es wird über Familie, Verwandte, Wetter und wirtschaftliches Ergehen berichtet. So berichtet Mutters Bruder Kornelius 1972, dass der Vater 1941 in Karlowka gestorben ist. Er war einfach lebensmüde und konnte in Frieden entschlafen. Mutter aber starb 1944 an Typhus, der damals in den Dörfern wütete. Es gab so viele Tote, dass die Leichen erst im Frühjahr begraben werden konnten. Als Mutter starb, arbeitete Kornelius im Kohlenschacht und konnte sie nicht besuchen. Aber im Frühjahr konnte er ihre Leiche entsprechend begraben.

Die ganze Hildebrandts-Familie konnte in den neunziger Jahren nach Deutschland auswandern. Mutters Bruder kam als letzter aus Russland heraus. Als Familie hatten wir eine große Feier für Mutters neunzigsten Geburtstag geplant, an dem alle Kinder teilnehmen würden. Dazu sollte dann auch ihr Bruder Kornelius, den Mutter seit 1929 nicht mehr gesehen hatte, von Deutschland anreisen. Mutter und ihr Bruder freuten sich sehr darauf. Auch für die Isaaks-Kinder würde diese Feier eine besondere Bedeutung haben. Zum erstenmal in ihrem Leben würden sie einen richtigen Onkel kennen lernen, denn Vaters und Mutters Geschwister waren alle in Russland geblieben. Leider sollte es anders kommen. Einige Tage vor der Abreise starb Onkel Kornelius in Deutschland. Die unglaublich schweren Jahre der Zwangsarbeit und des Hungers hatten seine Kräfte so erschöpft, dass er die große Freude, seine Schwester zu sehen, nicht mehr erleben konnte. Das war ein herber Schlag für Mutter. Aber einige Tage vor seinem Tode hatten die Geschwister ausführlich am Telefon miteinander gesprochen. Trotz der Trauer um den Bruder und Onkel war die Feier von Mutters neunzigstem Geburtstag doch ein besonderes Fest. Mutter strahlte wie in alten Tagen, denn sie hatte alle ihre noch lebenden Kinder mit ihren Ehepartnern und einer großen Schar von Enkeln und Urenkeln um sich.

Auch mit seinem Bruder Heinrich führte Vater seit den sechzigerJahren eine ausführliche Korrespondenz. Bruder Heinrich wurde mit seiner Frau und Tochter Nesie nach Sibirien verbannt. Nesie musste schon als junges Mädchen im Wald Bäume fällen, die dann im Winter auf Schlitten auf die zugefrorenen Flüsse geschleppt wurden, um dann im Frühjahr zu Flößen zusammengebunden zur nächsten Holzmühle zu schwimmen. Nesi erzählte später, wenn es im Sommer nicht so viele Beeren im Walde gegeben hätte, wären sie alle an Unterernährung gestorben. Wieder geht es um den Austausch von Informationen über Eltern, Geschwister und deren Familien. Es wird von allem berichtet, was zum täglichen Leben gehört.

Vaters Bruder Heinrich mit Frau, Tochter Nesi und Großsohn Hans.

Vater schrieb aber nicht nur als Bruder und Schwager an seine Geschwister und Verwandte, sondern jeder Brief enthielt auch eine kurze Wortbetrachtung. So konnte er ihnen auch als Prediger und Seelsorger dienen. Das haben seine Verwandten sehr geschätzt. Auch Fragen werden gestellt. So kommt von einem seiner Neffen die Frage nach der Form der Taufe. Dieser besucht den Gottesdienst der Mennoniten Brüdergemeinde oder Baptisten in Russland, wo nur die Untertauchungstaufe gültig ist. Vater schreibt ihm darauf, dass nicht die Form der Taufe selig macht, sondern allein der Gehorsam und Glaube an Jesus Christus.

Kurz vor seinem Sterben schrieb Vater seinen letzten Brief an alle Kinder und Großkinder: „Wenn ihr dieses Schreiben erhaltet, bin ich längst daheim beim Vater im Lichte, bei dem Gott, dem ich hier mein Leben weihen durfte. So wir an die Herrlichkeit droben denken, verbleicht die ganze Welt mit allem ihren Schein.

Meine geliebten Kinder und Großkinder, sorget dafür, dass ihr alle dorthin kommt. Mich verlanget so herzlich nach einem Wiedersehen mit euch allen in der seligen Ewigkeit. Lasst deshalb nimmer ab von dem Wege des Lebens, auf den ihr durch die Gnade Gottes gekommen seid. Und habt ihr ein Amt oder irgendeinen Dienst zu tun in der Reichsgottessache, so seid treu im Großen wir im Kleinen. Werdet nicht müde, denn der himmlische Vater steht zu seinem Worte, wenn er sagt: Ich bin bei euch alle Tage, bis an der Welt Ende. Und meine Kraft ist in den Schwachen mächtig, und wer da bittet, dem wird gegeben. Wenn aber Versuchungen nahen, so bleibet stark. Fliehet auch der bösen Lust und haltet eure Seelen rein von allen Flecken.

Gedenket daran, dass euch die Kraft Gottes in allem zuteil wird, so ihr darum bittet. Solltet ihr aber einmal fallen, dann tut Buße und fliehet zum Kreuze Jesu, auf dass nicht Leib und Seele ewig verloren gehen. O ihr Lieben, ich rufe euch zu: Bewahret, was euch anvertraut ist. Bleibet in dem, was ihr gelernt habt, und bleibet vor allem in Jesum, unserem Herrn und Heiland. Ich warte auf euch in der Ewigkeit."

VII. DIE LETZTE REISE FÜR
VATER UND MUTTER

Vater fiel das Altwerden schwer. Er wollte noch lange leben. Es gab so vieles, was ihn interessierte. Das Wachstum der Gemeinde, aber auch die wirtschaftliche Entwicklung der Kolonie faszinierten ihn. Als das fünfzigjährige Jubiläum Fernheims gefeiert wurde, waren Vater und Mutter auch dabei. Zusammen mit den anderen Pionieren der Ansiedlungsjahre saßen sie in der ersten Reihe während der großen Feier. Als ein russischer General sie auf Russisch ansprach, waren sie *sprachlos*. Das heißt, sie glaubten, die russische Sprache noch immer zu beherrschen, aber es fehlten ihnen einfach die Worte. Wenn man eine Sprache fünfzig Jahre lang nicht mehr gesprochen hat, kann man sie immer noch lesen und verstehen, zum Sprechen fehlen dann aber meistens doch die Worte.

Nachdem Vater die Gemeindeleitung abgegeben hatte, machte er immer noch mit, aber jetzt konnte er auch mal nein sagen, wenn er sich nicht wohl genug fühlte, um wieder einen Predigtdienst zu übernehmen. Mutter half ihm dann zurecht, indem sie einfach erklärte, das tust

1980 auf dem fünfzigjährigen Jubiläum Fernheims. Auf der Jubiläumsfeir zum fünfzigjährigen Bestehen der Kolonie Fernheim sitzen die früheren Gemeindeleiter Johan Schellenbergs, Jakob Isaaks und Gerhard Schartners in der ersten Reihe. Als sie von einem General in Russisch angesprochen werden, fehlen ihnen doch die Worte.

du nicht mehr. So lernten sie es, ihren Ruhestand zu genießen. Zusammen konnten sie ihre Kinder besuchen und sich an ihrem Erfolg in der Wirtschaft oder im Beruf erfreuen.

Mutter mit ihrem Urgroßkind, Cristiano.

Mutter fiel das Gehen immer schwerer. Ihre Knie waren von der vielen Arbeit im Haushalt und auf der Wirtschaft einfach abgenutzt. Wenn die Kinder oder Enkel dann einmal aushelfen wollten, hieß es immer noch: „Etj kaun." Sie fuhr sehr gerne mit Vater im VW. Zusammen genossen sie die vielen Fahrten in die Dörfer oder nach Filadelfia. Mutter hielt immer den Weg im Auge und machte Vater auf die Löcher, auf das Vieh oder auf die anderen Fahrzeuge aufmerksam. Vater meinte dann gutmütig, dass er das auch schon gesehen habe. Besonders wenn Vater mal wieder aufs Gaspedal trat, hieß es immer, er solle doch nicht so schnell fahren. Da der VW Kombi etwas höher ist, hatte sie immer mehr Mühe mit dem einsteigen. Auch dieses Problem fand eine schnelle Lösung. Sie brauchte einfach ein kleines Bänkchen, das dann nach dem Gebrauch an einem Bändchen in den Wagen gezogen wurde. Zum Aussteigen wurde dieses dann wieder heruntergelassen. Wenn sie so zusammen fahren konnten und sich an der Fahrt freuten, hätten sie den alten Kombi auch nicht mit der schönsten Kutsche der Königin von England getauscht.

Die Morgenandacht mit der Familie war immer Vaters Verantwortlichkeit gewesen. Als einer der Söhne, Helmut, eines Morgens früh bei den Eltern reinschaut, laden die Eltern ihn ein, doch mit ihnen zu frühstücken. Dann liest Mutter das Kalenderblättchen für den Tag mit allen angeführten Bibelstellen und betet zum Schluss ein von Herzen kommendes Gebet. Dieser Sohn hatte noch niemals erlebt, dass Mutter die Morgenandacht übernahm. Da Vater aber zunehmend Schwierigkeiten beim Schlucken und auch beim Sprechen hatte, übernahm Mutter ganz selbstverständlich auch diese Aufgabe. Was einer nicht konnte, übernahm der andere. So hatten sie es schon immer gehalten.

Vater setzte sich ganz für den Bau des Altenheimes in seiner Nachbarschaft ein. Er opferte selbst das Weideland für seine Milchkühe für diesen Zweck. Selber aber wollten sie niemals ins Altenheim. Sie würden in ihrem Hause bleiben, bis sie starben. Als die älteste Schwester, Liese, sie eines Abends wieder besuchen kommt, sind beide schwer krank im Bett. Mit der Ambulanz werden sie ins nahe Krankenhaus gebracht, wo sie sich dann in einigen Tagen so weit erholen, dass sie wieder nach Hause gebracht werden wollen. Derselbe Arzt, dem Vater bei der Finanzierung seines Studiums geholfen hatte, setzte diesem Begehren jedoch ein kategorisches Nein entgegen. Onkel Isaak und Tante Isaak gehören ins Pflegeheim, wo sie für ihre letzten Tage die entsprechende Pflege finden werden. Und so geschah es.

Das war ein harter Schlag für Vater. Er wusste nur zu gut, dass das Pflegeheim die letzte Station auf der Reise in die ewige Heimat war. Es konnte doch mit ihm noch nicht so weit sein! Das gab wieder schwere Kämpfe mit seinem himmlischen Herrn und Heiland. Obzwar er von seinen früheren Erfahrungen nur zu gut wusste, dass es ihm nichts helfen würde gegen den Willen Gottes anzukämpfen, dauerte es doch noch längere Zeit, bis er auch dies-

1980, Mutter und Vater vor dem Pflegeheim auf dem Wege zur Einweihung der neuen Kirche.

mal sagen konnte: „Dein Wille, Herr, geschehe." Er hatte aber noch zwei besondere Wünsche, die Gott ihm dann in seiner unendlichen Gnade

Die große neue Kirche in Filadelfia; das Altenheim auf der anderen Straßenseite.

auch gewährte. Er wollte noch die Einweihung der neuen Kirche erleben. Als das dann geschehen war, wollte er noch die Heimkehr seines jüngsten Sohnes, Hartmut, von Deutschland mit seiner Familie erleben. Diesmal aber musste Dr. Dyck mit seinem ganzen ärztlichen Können dem lieben Gott doch helfen, um Vater auch diesen Wunsch zu erfüllen. Und es gelang. Dann konnte Vater in Gegenwart von Mutter und einigen von seinen Kindern sanft entschlafen.

Gottesdienst in der neuen Kirche.

Der widerspenstige, ehrgeizige junge Mann, dem Gott immer wieder alle seine Pläne zerschlagen musste, bis er zum Lastesel seines Herrn wurde, hatte den Lauf seines Lebens vollendet. Der verfilzte Chacobusch, der für die staatenlosen Flüchtlinge aus Russland erst schlimmer als eine Wüste zu sein schien, wurde auch für Jakob und Elisabeth Isaak zum verheißenen Land, wo schließlich nach unsäglich schwerer Arbeit und Mühe selbst genügend Milch und Honig für die große Familie floss. So unbegreiflich Gottes Wege auch sein können, letzten Endes konnten auch sie sagen: „Der Herr hat uns erst alle irdischen Hoffnungen genommen, um uns dann im verrufenen Chaco Überfluss des Lebens zu schenken. Der Name des Herrn sei gelobt."

Nachdem das Begräbnis vorüber und Mutter einige Tage bei ihren Kindern auf der alten Wirtschaft in Blumenort gewesen war, war sie bereit, ins Altenheim einzuziehen. Dort lebte sie, umgeben von der Liebe und Fürsorge ihrer Kinder und Enkel, noch mehr als zehn Jahre.

In ihren Tagebüchern aus dieser Zeit vermerkte sie ganz genau die täglichen Temperaturen, die jeweiligen Regenmengen und alles, was bis dahin für das Leben der ganzen Isaaks-Familie entscheidend gewesen war. Sie fuhr gerne für einige Tage mit den Kindern mit und interessierte sich für alles, was auf ihren Wirtschaften vorging. Sonntags ging sie immer zum Gottesdienst in die Kirche über der Straße. Sie machte dann gelegentlich ganz treffende Bemerkungen zu den jeweiligen Predigern und deren Predigten. Es hätte diesen sehr helfen können, wenn sie diese gehört hätten, aber das hätte Mutter niemals erlaubt.

Wenn aber ihre Enkel gelegentlich zu kritisch über einen neu gewählten Prediger oder Leiter waren, korrigierte sie diese immer mit den Worten: „Wenn

Mutter mit dem Neuen Testament in der Sprache der Ayoreos.

diese Person anders ist, als wir es erwarten, dann müssen wir ihn (sie) uns eben zurecht beten." Damit meinte sie etwas sehr Wesentliches. Wenn wir uns fürbittend für eine Person bei Gott einsetzen, ändern wir die betreffende Person damit nicht. Das kann nur der liebe Gott tun. Aber während wir mit einem aufrichtigen Herzen vor Gott hintreten und fürbittend für eines seiner Kinder eintreten, verändert sich die Stellung unseres eigenen Herzens. Die betreffende Person wird uns wieder zum Mitgenossen auf dem Wege der Nachfolge. Dann sind wir wieder gemeinsam auf dem Wege, helfen einander und tragen einer des anderen Lasten.

Als Mutter dann neunzig Jahre alt wurde, kamen alle ihre Kinder zu ihrem Geburtstag nach Hause. Für einige Tage war es wieder so wie früher, wenn wir alle zusammen um den Tisch saßen und Geschichten aus unserem Leben erzählten. Mutters Gesicht strahlte wieder wie das einer Braut. Was immer sie als junges Mädchen und als junge Mutter geträumt hatte, war so nicht in Erfüllung gegangen. Anstatt auf dem reichen *Chutor* eine große Familie aufzuziehen, hatte Gott sie in den wilden Chaco verschlagen. Hier musste sie ihren Glauben an Gottes wunderbare Führungen beweisen. Wenn Vater es in den ersten Jahren sehr schwer hatte und mit Gott rang, war sie die Starke, die immer mit frohem Mut und großer Kraft vorausging und aus der jeweiligen Situation immer das

Beste zu machen wusste. Ohne Mutters selbstlosen Einsatz hätte Vater niemals der werden können, der er geworden ist, und die große Familie hätte nicht so gesund und sorglos aufwachsen können. Besonders für sie galt und gilt Gottes Wort immer noch: „Glaubet ihr, so bleibet ihr."

Als sie dann über die neunzig wurde, ließen ihre Kräfte immer mehr nach. Das „Etj kaun" wurde zwar immer noch gesprochen, aber es galt nicht mehr. Eines Tages meinte sie zu einem ihrer Kinder: „Der liebe Gott bricht die alte, morsche Hütte immer nur Stück für Stück ab." Von ihr aus könne er schon mal die alten Wände einreißen, damit sie in Frieden einschlafen könne. Schließlich erfüllte Gott ihr auch diesen Wunsch. Er rief seine so wunderbar begabte und gesegnete Tochter endlich nach Hause.

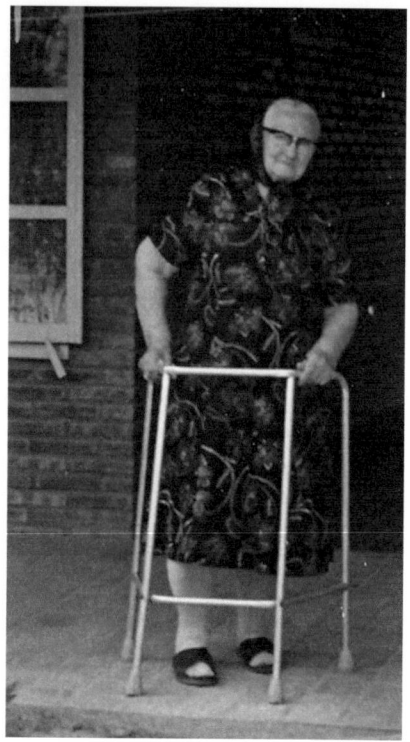

Mutter kann immer noch gehen, und sei es mit dem Walker.

Als Kinder, Enkel und Urenkel können wir nur sagen: Der Herr hat uns diese wunderbare Mutter, Großmutter und Urgroßmutter gegeben, und als ihre Zeit erfüllt war, hat er sie uns wieder genommen. Der Name des Herrn sei gelobt.

Das große Erbe, das Mutter und Vater uns allen aber hinterlassen haben, ist die Gewissheit dass auch wir bleiben, wenn wir an Gottes Heilshandeln glauben.

GLAUBET IHR, SO BLEIBET IHR!